BASTEI
LÜBBE

Aus dieser Taschenbuchreihe sind folgende Romane erhältlich. Fragen Sie Ihren Buch- oder Zeitschriftenhändler.

Jason Dark

73 001	Angst über London
73 002	Der goldene Buddha
73 003	Das Grab in der Hölle
73 004	Luzifers Festung
73 005	Alptraum in Atlantis
73 006	Die Rache der Horror-Reiter
73 007	Die Vampir-Flotte
73 008	Die Seelenburg
73 009	Ghouls in Manhattan
73 010	Disco Dracula
73 011	Die Werwolf-Elite
73 012	Die Todesgöttin
73 013	Hexenwahn
73 014	Tokatas Todesspur
73 015	Der Dämonen-Parasit
73 016	Blutige Rosen
73 017	Satans Eulen
73 018	Der Höllenbote
73 019	Ewige Schreie
73 020	In dieser Straße wohnt die Angst

Jason Dark

Das Trumpf-As der Hölle

Horror-Roman

BASTEI LÜBBE

BASTEI-LÜBBE-TASCHENBUCH
John Sinclair
Band 73 021

Titelillustration: Agentur Norma
Umschlaggestaltung: Quadro-Grafik, Bensberg
Druck und Verarbeitung:
Hanseatische Druckanstalt GmbH, Hamburg
Printed in Western Germany
ISBN 3-404-73021-6

Die Lampe war so eingestellt, daß ihr Strahl nur auf die untere Gesichtshälfte des Mannes fiel. Und besonders die Lippen wurden von dem Schein eingefangen.

Es waren dünne, blasse Lippen. Durch das Licht bekamen sie einen leicht bläulichen Schimmer, und als die Tür des kleinen, fensterlosen Raumes aufgestoßen wurde, verzogen sich die Lippen zu einem kalten, dünnen Lächeln.

Er kam.

Wieder ein Opfer, dachte der Mann mit den bläulich schimmernden Lippen, doch seine Stimme klang freundlich, als er den Abkömmling aufforderte, sich zu setzen.

»Bitte, nimm Platz!«

»Danke, Sir!«

Der Mann mit den dünnen Lippen hieß Arsenius. Sir, hatte der andere gesagt. Ja, man zollte ihm Respekt. Es schien sich herumgesprochen zu haben, daß er etwas Besonderes war, dementsprechend wurde er behandelt, eine logische Konsequenz.

Arsenius hörte, wie ein Stuhl über den rauhen Betonboden schabte. Der andere räusperte sich, sein Schatten war zu sehen, unbeweglich, aufrecht, die Hände lagen auf den Knien, die Arme waren angewinkelt.

»Du willst es also wagen«, stellte Arsenius nüchtern fest. Sein Mund bewegte sich kaum beim Sprechen.

»Ja, Sir.«

»Hat man dir gesagt, um was es geht?«

»Nein, Sir.«

»Um ein Kartenspiel.«

»Ich beherrsche nicht alle, Sir.«

»Mein Kartenspiel ist einfacher als irgendeines sonst auf dieser Welt. Es ist ein Spiel mit nur einer Karte. Hast du verstanden?«

»Natürlich, Sir.«

»Sollen wir sofort beginnen?«

»Ja, Sir.«

»Hast du noch eine Frage?«

»Die habe ich allerdings, Sir. Was geschieht mit dem Gewinner und dem Verlierer?«

Da lachte Arsenius. »Das ist eine Sache, die natürlich schwer zu erklären ist. Es kann nur einen Gewinner geben.« Während des Sprechens hatte er seine Hand bewegt und die Lampe rechts von ihm erfaßt. Sie ließ sich sehr leicht drehen. Ein Griff nur, und es klappte.

Arsenius drehte stärker. Ein wischender heller Schein, und im nächsten Augenblick leuchtete die Lampe den Mann an, der Arsenius gegenübersaß.

Er trug Gefängniskluft. Einen Einheitsdrillich, waschfest, strapazierfähig. Die Augen hielt der Mann geschlossen. Über seiner hohen, weiß schimmernden Stirn mit den zahlreichen Schweißperlen begannen dunkle krause Haare. Der Mann war ein Mischling. Er hatte eine Haut wie Milchkaffee.

So einer fehlte noch in Arsenius' Sammlung. »Du bist also bereit?« stellte der Hellseher fest.

»Das bin ich, Sir.«

»Dann wollen wir mal schauen«, murmelte Arsenius und versenkte seine Hand in der rechten Tasche seines langen Mantels. Er holte eine Karte hervor. Die war größer als die normalen Spielkarten, sicherlich besaß sie die doppelte Größte. Verdeckt legte sie der Mann auf den Tisch, der zwischen ihm und dem Mischling stand.

Die Rückseite der Karte schimmerte rötlich. Ein feines Wabenmuster war eingezeichnet, und es verschwand, als Arsenius seine Hand auf die Karte legte.

»Wir spielen mit dieser einen Karte«, erklärte er flüsternd. »Nur mit dieser Karte.«

Der Mischling war überrascht. »Kann . . . kann es wirklich nur einen Sieger geben?«

»Natürlich.«

»Und . . . und meine Chancen stehen . . .«

»50 zu 50«, erklärte Arsenius. »Wie es sich bei einem Spiel mit zwei Partnern gehört.«

Der Mischling beugte sich vor. Seine Hände umklammerten den Rand des Tisches. Plötzlich lag ein gehetzter und gleichzeitig hoffnungsvoller Ausdruck in seinen Augen. »Komme ich dann hier heraus?«

Arsenius lachte. »Wieso denn das?«

»Man spricht davon. Die Freunde sagen, wenn einer von uns gegen Sie gewinnt, Sir, dann hat er die Freiheit errungen.«

Arsenius erwiderte nichts. Nur das Lächeln klebte wieder auf seinen Mundwinkeln. Seine Hand lag auf der verdeckten Karte. Die Finger trommelten einen Takt auf den Tisch.

»Sir . . .« Die Stimme des Farbigen klang flehend. »Bitte, geben Sie Antwort. Ich will es wissen.«

»Du bist zu neugierig«, erklärte Arsenius kalt. »Aber ich bin kein Unmensch. Nimm es einfach an, daß du, wenn du gewinnst, hier aus dem Knast kommst.«

»Das wäre, das wäre . . .« Der Mischling atmete tief ein. Seine Augen begannen zu leuchten, die Lippen zuckten, er schüttelte den Kopf, und für einen Moment wußte er nicht, was er sagen sollte.

Arsenius beobachtete ihn mit kalten Blicken. Auf seinem glatten Gesicht spiegelten sich die Gedanken nicht wider, aber hinter seiner Stirn arbeitete es.

»Wann können wir anfangen, Sir?« Der Gefangene war schrecklich aufgeregt. Er hatte seine Chancen durchgerechnet, sie standen nicht schlecht. Wirklich nicht . . .

»Sofort!« Arsenius' Stimme unterbrach den Gedankengang des Mischlings. Der hob den Kopf und senkte ihn sofort, denn Arsenius bewegte seine Finger, die bisher ruhig auf der Karte gelegen hatten. Er schob die Nägel unter den Rand der Karte und drehte sie dann gedankenschnell um. »Da ist sie!« sagte er.

Der Mischling starrte auf die Karte. War sie ihm schon in der Größe seltsam vorgekommen, so wunderte er sich über das Motiv, das sie zeigte. Da war kein As oder ein König zu sehen. Weder Dame, Bube noch eine Zahl.

Die Karte bestand aus zwei Motiven. In der Mitte war sie geteilt. Die eine Hälfte, und zwar die, die auf den Mischling wies, zeigte das Gesicht eines Vampirs. Eine schrecklich entstellte Fratze mit gräßlichen Zähnen in einem weit aufgerissenen Maul. Die andere Hälfte zeigte ebenfalls ein Gesicht, das der Gefangene jedoch nicht genau erkennen konnte, weil diese Seite zu Arsenius hin gewandt lag.

Arsenius beobachtete den Gefangenen genau. Er sah zuerst den Schrecken im Gesicht des Mannes, dann die Verständnislosigkeit, und zum Schluß war der Mann ratlos.

»Warte, ich drehe sie um.« Geschickt wendete Arsenius die Karte, so daß jetzt das Gesicht des anderen Monsters auf den Gefangenen wies. Der Mischling geriet ins Schwitzen. Diesmal starrte er auf keinen Vampir, sondern auf den Kopf einer ähnlichen Bestie.

Es war ein Werwolf!

Arsenius ließ dem Mann Zeit. »Nun?« erkundigte er sich nach einer Weile.

»Ich . . . ich habe es gesehen, Sir. Aber ich weiß nicht, was das alles bedeuten soll?«

Arsenius lachte. »Das kann ich mir vorstellen. Aber wir wollen spielen, und das Spiel ist sehr einfach. Gib genau acht! Ich drehe die Karte jetzt. Das ist alles.«

»Und dann?«

»Werden wir weitersehen.«

Dem Mischling war alles egal. Fünf Jahre saß er bereits wegen Raubüberfalls hinter Gittern. Zwei sollte er noch absitzen. Zu verlieren hatte er nichts, und wenn er das

Spiel gewann, kam er eventuell frei, obwohl er noch nicht so recht daran glauben wollte.

»Bist du bereit?« fragte Arsenius.

»Ja.«

»Dann gib bitte genau acht.« Arsenius spreizte zwei Finger. Die Kuppe des Zeigefingers lag auf dem Feld, das den Werwolf zeigte, der Daumen auf dem mit dem Vampir.

Der Gefangene stierte die Karte an. Er war naßgeschwitzt. Die Feuchtigkeit lag überall am Körper, er spürte sie auch im Nacken, wo sich die Tropfen gesammelt hatten, und bekam kaum mit, wie Arsenius die Karte gedankenschnell drehte.

Sie bewegte sich wie ein Kreisel, und der Gefangene glaubte, sogar ein schwaches Leuchten auf der Karte zu sehen. Hastig wischte er sich über die Augen. Er hielt den Atem an. Stille hatte sich über den Raum gelegt.

Allmählich nur kam die Karte zur Ruhe. Die Kreise wurden langsamer, höchstens noch zweimal konnte sich die Karte um die eigene Achse drehen, dann mußte sie liegenbleiben.

Sie stoppte.

Schnaufend atmete der Gefangene aus, während sein Gegenüber leicht geduckt dasaß und seine Blicke nicht von der Karte lösen konnte. Wie würde sie liegenbleiben?

Die Karte stoppte.

Ein Bild zeigte auf den Mischling.

Es war der Vampir!

Für zwei Sekunden schloß Arsenius die Augen. Dann öffnete er den Mund und atmete tief durch. Langsam lehnte er sich zurück, legte beide Hände auf den Tisch und schaute den Mischling an, der sich noch immer nicht rührte.

Intervallweise hob der Gefangene den Kopf, so daß die

Blicke sich begegnen konnten. Seine Lippen bewegten sich. Es fiel ihm schwer, die nächste Frage zu formulieren.

»Du bist neugierig, wie?«

Froh, darüber, daß Arsenius ihm die Frage abgenommen hatte, nickte der Gefangene.

»Nun, ich will dir sagen, was mit der Karte und unserem Spiel geschehen ist. Du hast gewonnen!«

Gewonnen, gewonnen . . .

Die Worte hallten wie Gongschläge im Kopf des Mannes nach. Gewonnen und frei sein. Mein Gott, er hatte es geschafft, seine Chance wahrgenommen. Er kam hier raus.

Endlich, nach fünf Jahren.

Aber würde der andere sein Versprechen auch einhalten? Davor fürchtete er sich, und diese Furcht lag auch in dem fragenden Blick, den er Arsenius zuwarf.

Der lehnte sich zurück, legte seine Stirn in Falten und nickte. »Was ich versprochen habe, das halte ich«, erklärte er. »Du wirst dieses Gefängnis als freier Mann verlassen, das habe ich dir gesagt, das halte ich auch . . .«

»Aber ich . . .«

»Kein Aber. Steh auf und geh!«

»Wirklich?«

»Wenn ich es dir sage!« Die Stimme des Mannes klang schneidend.

Wieder rückte der Stuhl. Der Mischling stemmte sich in die Höhe. Kopfschüttelnd, fassungslos, ohne es zu begreifen. Fast wäre der Stuhl noch umgekippt, und als der Mischling rückwärts ging, da ließ er Arsenius nicht aus den Augen, als hätte er Angst, daß dieser sich die Sache noch überlegen würde.

Arsenius tat nichts. Er saß nur da und lächelte. Dabei schaute er zu, wie der Gefangene sich mit weichen Knien der Tür näherte, mit dem Rücken dagegenstieß und sie erst dann öffnete, wobei er fast noch die Klinke verfehlt hätte.

Es war nicht abgeschlossen, er konnte die Tür bequem aufziehen, stolperte über die Schwelle und warf noch einen Blick zurück in den fensterlosen Betonraum.

Arsenius hatte seinen Platz nicht verlassen. Er saß hinter dem Tisch und hob grüßend die Hand. Als er den Arm nach unten sinken ließ, fiel auch die Tür ins Schloß.

Arsenius blieb auch weiterhin sitzen. Er schaute auf die Karte, lächelte und schüttelte den Kopf. »Wieder einer«, murmelte er. »Wieder einer.« Mit den Handflächen schlug er auf den Tisch, atmete tief ein, lachte, griff nach der Karte und steckte sie in seine Tasche.

»Das Spiel geht weiter«, murmelte er. »Das Trumpf-As der Hölle kann keiner besiegen. Die Todeskarte sticht immer! Und gleich kommt der nächste.«

Nach diesen Worten zeigte auch er eine Reaktion. Arsenius lachte, und sein Lachen hallte wie ein Donner aus der Hölle von den kalten Betonwänden wider.

Das Spiel ging weiter.

Und wie . . .

*

John Denver sang – und ich trank.

Aus den Boxen hörte ich wie alle anderen Gäste auch den Song um Lucille. Ein wehmütiges Lied. Irgendwie passend zu der Stimmung, die in der Kneipe herrschte. Die meisten Gespräche waren verstummt, jeder konzentrierte sich auf die etwas rauhe Stimme des Sängers.

Ich nahm noch einen Whisky. Es war der zweite. In ihn ließ ich mir Eis geben. Dieser zweite sollte gleichzeitig auch mein letzter sein. Unter Umständen mußte ich noch fahren, und da wollte ich nüchtern sein.

Der Barmann schob mir das Glas rüber. Dann lehnte er

sich wieder an einen Pfeiler und lauschte der Stimme des Sängers.

Normalerweise sitze ich abends nicht in Lokalen herum, aber in dieser Pinte hockte ich dienstlich. Es war ein Lokal, das Touristen kaum kannten, zudem lag es sehr versteckt in einem Hinterhof, aber es war eine der brisantesten Kneipen, die die Millionenstadt London aufzuweisen hatte.

Das Lokal hieß *Treff*. Mehr nicht, einfach so. Aber wer sich hier traf, hatte mindestens seine fünf Jahre Knast auf dem Buckel. Der *Treff* war eine Anlaufstelle für Zuchthäusler. Hier hockten sie zusammen, hier sprachen sie über die Zeit hinter Gittern, und hier wurden auch die ersten Geschäfte getätigt. Seltsamerweise hatte der Wirt früher einmal als Gefängnisaufseher gearbeitet, bevor er das Lokal eröffnete und damit sein Geld machte. Zu den Zuchthäuslern hatte er auch jetzt noch einen heißen Draht. Sie und ihn verband so etwas wie eine gemeinsame Haßliebe zueinander. Einerseits lehnte er die Knastbrüder ab, andererseits verdiente er gut an ihnen. Sein Verhältnis zur Polizei war ebenfalls zwiespältig. Handelte es sich um ein besonders verabscheuungswürdiges Verbrechen, z. B. Kindermord oder Kidnapping, gab er den Kollegen Tips. Deshalb ließ man ihn auch in Ruhe und drückte bei anderen Dingen, von denen der Wirt bestimmt auch etwas wußte, beide Augen zu.

Und einen dieser Tips hatte man an mich weitergeleitet. In der letzten Zeit hatte der Wirt Angst bekommen. Ein Gerücht, das sich allerdings auf schreckliche Art und Weise bestätigt hatte, machte die Runde. Entlassene waren nicht mehr so wie früher. Sie wurden zu anderen, wenn sie aus dem Zuchthaus kamen, zu regelrechten Monstern. Einmal hatte der Wirt einem zugehört, der sprach von einem Werwolf, der sich auf seinem Hinterhof versteckt hatte. Er hatte zwar auf ihn geschossen, doch nicht getroffen, so konnte er uns keinen Beweis vorlegen.

Mein Chef, Sir James Powell, war mißtrauisch geworden. Vor Jahren noch hätte er über so etwas gelacht. Mittlerweile waren wir es gewohnt, jeder auch noch so kleinen Spur nachzugehen, denn unsere Gegner, die Mächte der Finsternis, konnten überall zuschlagen.

Also hatte man mich losgeschickt, um dem *Treff* einen Besuch abzustatten. Mittlerweile verbrachte ich meinen dritten Abend hier, ohne daß sich etwas ereignet hätte. Keiner wußte, wer ich war. Auch den Wirt hatte ich nicht eingeweiht, ich spielte den mürrischen Einzelgänger, der sich an die Theke hockte und in Ruhe gelassen werden wollte.

Mehr war allerdings nicht zu erfahren gewesen. Spuren gab es nicht. Allerdings hatte mich stutzig werden lassen, daß es, laut Aussagen des Wirts, immer die Gefangenen gewesen waren, die frisch aus dem Zuchthaus kamen.

Was dahintersteckte, wollte ich herausfinden.

Allerdings nicht allein. Ich hatte Suko mitgenommen. Nur saß der Chinese nicht in der Kneipe, er hatte es nicht gewollt, sondern hielt an der Rückseite Wache. Der Hinterhof bot zahlreiche Verstecke, und sollte sich dort irgend etwas tun, würde mir Suko per Walkie-talkie Bescheid geben.

Wir hatten sehr neue und flache Geräte mitgenommen, kaum größer als eine Zigarettenschachtel.

Fünf Tage wollte ich meinen unbekannten Gegnern geben, keinen Tag länger.

Ich nahm einen Schluck. Über den Rand des Glases hinweg schaute ich hinter die Theke. Dort standen die beiden Keeper. Der Wirt hatte sich zurückgezogen. Er brauchte nicht mitzubedienen, denn an diesem Abend war im *Treff* nicht viel los. Höchstens zur Hälfte war es besetzt, und mir war aufgefallen, daß sich keine Frau in das Lokal verirrt hatte. Nur Männer hockten an den Tischen und der langen Theke. Hier herrschte das Motto: Bei Geschäftsbesprechungen stören die Frauen nur.

Ich zündete mir eine Zigarette an. John Denver sang nicht mehr. Seine Stimme war verklungen. Augenblicklich wurde es unruhiger. Die beiden Keeper bewegten sich schnell, um den Bestellungen so rasch wie möglich nachzukommen.

Die Einrichtung des Lokals konnte man als rustikal bezeichnen. Dicke Holzbalken unter der Decke und auch senkrechte Holzträger, die die Decke abstützten. Der Fußboden bestand aus Holzbohlen, ebenso die Theke. Hier war nichts poliert, sondern alles nur abgeschliffen. Um die kleinen, runden Lampen hatten sich Rauchschleier gelegt, so wirkte das Licht wie ein gelber Nebel.

Ich holte eine Zigarette aus der Packung und warf dabei gleichzeitig einen Blick zur Uhr.

Eine Stunde noch bis Mitternacht. Und doppelt so lange gab ich mir noch, dann wollte ich verschwinden. Als das Stäbchen zwischen meinen Lippen klemmte, zuckte links neben mir die Flamme eines Feuerzeugs auf. Nicht der Keeper war so freundlich, sondern einer der Gäste.

Ich drehte den Kopf und schaute den Mann aus halb geschlossenen Augen über die Flamme hinweg an. Da mich das Feuer ein wenig blendete, sah ich nur die Umrisse seines Kopfs. Der war sicherlich doppelt so groß wie meiner.

Ich zog an dem Glimmstengel und bedankte mich mit einem Kopfnicken. Dann wollte ich mich wieder meinem Glas zuwenden, doch dagegen hatte der andere etwas.

»He, du Schweiger«, sagte er und rutschte links neben mir auf den Hocker. »Kannst du nicht reden?«

»Danke.«

»Wofür?«

»Für das Feuer.«

Der Mann lachte freudlos. Ich taxierte ihn blitzschnell. Er war ein regelrechter Bulle. Die schwarze Lederjacke glänzte. Zudem stand sie offen, und darunter trug der Knabe ein kariertes Hemd. Die zwei oberen Knöpfe waren nicht geschlossen. Ein Blick auf seine behaarte Brust war somit möglich. Sein Kopfhaar war fettig. Das breite Gesicht zeigte einen lauernden Zug, unter den kleinen Augen hingen dicke Tränensäcke.

»Ich bin Hacky«, stellte er sich vor. »Aber sag nur nicht Waldspecht zu mir, dann haue ich dich zu Brei.«

»Fällt mir gar nicht ein.«

Wieder lachte er und umklammerte mit seiner Pranke ein Whiskyglas. In der Hand war es kaum zu sehen. »Wer bist du?«

»John.«

»Okay, John. Und wie weiter?«

»Nur John. Aber sag nicht John Denver zu mir, so gut kann ich nämlich nicht singen.«

Der wuchtige Kerl neben mir verzog das Gesicht. Wahrscheinlich fühlte er sich auf den Arm genommen, oder er begriff den Scherz nicht, was auch möglich war.

»John also.«

»Ja.«

»Und was machst du hier.«

»Ich trinke Whisky.«

»Das sehe ich.«

»Na bitte.«

»Woher kommst du?«

So fragt man Leute aus, dachte ich. Und ich ahnte, daß der Typ auf Ärger aus war, aber ich sah keinen Grund, ihm irgend etwas unter die Nase zu reiben, und spielte meine Rolle des großen Schweigers weiter. Ein wenig drehte ich mich nach links und deutete auf die Tür. »Von dort komme ich.«

Hucky blickte tatsächlich dahin und bekam einen roten Kopf. Jetzt fühlte er sich auf den Arm genommen. »Wenn du mich verarschen willst, mußt du dir einen anderen aussuchen.«

»Du hast mich gefragt, ich habe dir geantwortet«, gab ich gelassen zurück.

»Man merkt, daß du neu bist. Das halte ich dir auch zugute, denn ein anderer hätte Hucky diese Antworten nicht gegeben, darauf kannst du Gift nehmen.« Er streckte den Arm aus und vollführte eine umfassende Bewegung. »All die Jungs, die du hier siehst, sind meine Freunde. Meine besten Freunde sogar.«

»Dann freue dich, Hucky. So gute bekommt man nicht immer. Ehrlich.«

»Und sie würden mir auch helfen«, sagte er, wobei er sein Gesicht so sehr in meine Nähe brachte, daß ich seinen verbrauchten Atem riechen konnte.

»Brauchst du denn Hilfe?«

Da grinste Hucky. »Meistens nicht.« Er wechselte das Thema. »Wo hast du gesessen?«

»In den Staaten.«

»Wo ist das denn?«

»Amerika.«

»Und dann bist du hier?«

»Ja, man hat mich entlassen. Ich bin in meine Geburtsstadt zurückgekehrt.«

»Aha. Suchst du einen Job?«

»Nein, ich habe Gespartes. Und jetzt laß mich bitte meinen Whisky trinken. Ich bin müde.«

Ich war tatsächlich der Meinung, daß ich Hucky erschöpfend Auskunft gegeben hatte, er war jedoch an diesem Tag besonders empfindlich und bewies mir dies auf drastische Art und Weise.

Zuerst schnappte er mein Glas, kippte den Whisky nebst Eiswürfeln zu Boden. Danach grinste er mich an.

»Du kannst mir einen neuen bestellen, Hucky.«

Der Bulle rutschte vom Hocker. Wahrscheinlich gab es jetzt Zoff. Daß er allerdings so schnell hören würde, damit hatte ich nicht gerechnet. Der Bulle mit dem großen Schädel hatte den Boden kaum berührt, als er seinen Arm schon auf die Reise schickte. Es war ein klassischer Rundschlag, der mich traf.

Zum Glück nicht am Kopf, sondern nur an der Brust. Aber die Kraft reichte aus, um mich vom Hocker zu schleudern. Mit den Schultern riß ich noch zwei Stühle um und stieß mir heftig das Kreuz und auch den Hinterkopf.

Spätestens jetzt war es den übrigen Gästen klargeworden, daß sich hier eine kleine Abwechslung anbahnte, und es wurde auf einmal totenstill in der Kneipe.

Wie auf Kommando drehten sich die meisten um. Sie starrten in unsere Richtung. Als sie mich am Boden liegen und Hucky vor mir stehen sahen, da begannen einige unverhohlen zu lachen. Wetten wurden angeboten, aber auf mich setzte keiner. Mir gab niemand eine Chance gegen den Riesen.

Hucky stand vor mir wie ein Gebirge, während ich lag und mich auf den angewinkelten Armen abgestützt hatte.

Stühle wurden gerückt, die meisten Gäste erhoben sich von ihren Plätzen, denn sie wollten etwas sehen. Die beiden Keeper griffen nicht ein. Aus Erfahrung schienen sie zu wissen, daß es besser war, wenn man sich nicht einmischte.

Erste Kommentare schwirrten durch die Kneipe. Eine rauhe Stimme schrie: »Bring den Schweiger zum Schreien, Hucky!«

Ein anderer sagte: »Hau ihm die Ohren ab!«

Hucky stand vor mir. Er genoß es, von seinen Kumpanen angefeuert zu werden. Sein Gesicht hatte sich zu einem breiten Grinsen verzogen, und er rieb seine mächtigen Pranken. Über seinem Kopf hing eine Lampe. Ihr Licht traf auch Huckys Gesicht und ließ ihn aussehen wie einen Leberkranken.

Hucky war flink. Das hatte ich bereits zu spüren bekommen. Er würde nicht fair kämpfen und versuchen, meine Bodenlage auszunutzen. Kaum hatte ich den Gedanken zu Ende gedacht, als Hucky seinen rechten Fuß hob.

Der Tritt hätte mich bestimmt in Schwierigkeiten gebracht, doch diesmal war ich schneller. Mein Oberkörper schlug praktisch eine Brücke, dann schleuderte ich mein Bein vor und gleichzeitig in die Höhe. Es knallte, als meine Schuhspitze Huckys Schienbein traf.

Der Bulle wurde blaß, er röhrte und knickte leicht mit dem rechten Bein ein. So ein Tritt gegen das Schienbein war äußerst schmerzhaft, der konnte einem schon das Wasser in die Augen treiben.

Ich war gedankenschnell auf den Füßen. Hucky hatte noch mit sich selbst zu tun, und er fing sich von mir einen Handkantenschlag ein, der in seinen Specknacken klatschte und ihn noch tiefer trieb. Plötzlich hockte er auf allen vieren am Boden. Ich hätte ihn jetzt fertigmachen können, hoffte allerdings, daß er vernünftig war, und blieb vor der Theke stehen. Dabei lehnte ich mich mit dem Rücken gegen den Handlauf.

Die anderen Gäste bekamen große Augen. So wie ich, war wahrscheinlich noch niemand mit dem guten Hucky umgesprungen, und das Schweigen stand um uns herum wie eine Mauer.

Unterbrochen wurde es von Huckys Stöhnen. Das klang mir nicht sehr schmerzerfüllt, sondern eher wütend. Ich wußte, daß Hucky noch nicht fertig war, und er warf sich plötzlich herum.

So viel Schnelligkeit hatte ich dem Bullen nicht zugetraut. Nur mühsam kam ich weg, so daß mich seine Hand nicht erwischte, sondern nur den Hosenstoff streifte.

»Los, Hucky!«

Dieser Anfeuerungsruf irgendeines Zuschauers verfehlte seine Wirkung nicht. Der Schläger kam auf die Beine und stand kaum, als er seine rechte Faust auf die Reise schickte.

Diesmal erwischte er mich an der Schulter, schleuderte mich herum, und ich gab mir selbst noch genügend Schwung, so daß ich mit dem Rücken gegen einen der Holzbalken krachte.

Da blieb ich stehen.

Aus blutunterlaufenen Augen stierte Hucky mich an. Sein Atem ging schnell. Aus dem offenen Mund tropfte milchiger Speichel. Er bot ein widerliches Bild – und schlug zu.

Diesmal blieb ich stehen, aber ich hatte genau achtgegeben. Als Huckys Faust sich dicht vor meinem Gesicht befand, da ließ ich mich einfach fallen.

Die Pranke wischte über meinen Schädel hinweg, und im gleichen Augenblick hörte ich es krachen.

Das war der Pfosten, den Hucky getroffen hatte. In das Echo mischte sich Hucky Heulen, während ich den Kopf nach vorn drückte und gegen Hucky anlief.

Ich traf ihn voll.

Mein Schädel wühlte sich in seine Magengrube. Der Bulle mußte zurück, riß noch zwei Tische um, nahm die Stühle ebenfalls mit und landete zwischen den Möbelstücken.

Selbst bei diesem Licht war zu erkennen, daß seine Gesichtsfarbe gewechselt hatte, die Stöße in den Magen hatten ihm verdammt zu schaffen gemacht.

»He, Waldspecht, willst du nicht mehr?« fragte ich lauernd und spielte meine Rolle weiter.

Hucky stöhnte nur. Er bewegte sich zwischen den Stühlen, bekam einen zu fassen und schleuderte ihn weg. Wahrscheinlich hatte er mich treffen wollen, doch meine Schläge hatten seine Übersicht beeinträchtigt. Der Stuhl flog in die Zuschauer.

Hucky setzte sich wieder.

Mein Gott, was konnte dieser Kerl einstecken. Er schüttelte den Kopf und wurde wieder angefeuert. Sein gewaltiger Oberkörper erinnerte mich an einen Felsklotz, so wie er da auf dem Boden hockte und mich anstierte.

Ich hob die Schultern. »Laß es sein, Hucky, du verlierst immer. Glaub mir.«

Hucky wollte nicht. Er drehte seinen massigen Körper und stemmte sich in die Höhe. Das ging wesentlich langsamer als vorhin, und ich hatte Muße, genau maßzunehmen.

Das tat ich, während ich auf Hucky zuging.

Zum zweitenmal wurde er von meiner Handkante erwischt. Diesmal hatte ich genauer geschlagen, und auch der Speck in seinem Nacken half ihm nicht mehr.

Hucky, der Waldspecht, seufzte noch einmal schwer und verabschiedete sich für die nächste Zeit. Bewußtlos blieb er liegen.

Ich blieb neben ihm stehen und massierte meine Handkante. Zahlreiche Augenpaare starrten mich an. Ein irgendwie düsteres Schweigen herrschte in der Kneipe, man konnte es aber auch als gefährlich abzeichnen. Hucky war zwar der große Schläger hier, gleichzeitig aber auch Stammgast. Ich kam hier als Neuer rein und hatte Hucky zusammengeschlagen. Ich war gespannt, wie weit die Freundschaft der anderen gehen würde.

Noch taten sie nichts, doch ihre Blicke sagten genug.

Dann vernahm ich plötzlich ein ekliges Geräusch, das mir sofort unter die Haut fuhr. Ein helles, widerliches Schnappen. Es entsteht, wenn die Klingen von Springmessern aus dem Heft fahren. Da das Geräusch zweimal aufgeklungen war, hatte ich es mit zwei Gegnern zu tun, was mir überhaupt nicht gefiel.

Von zwei Seiten lösten sich die Burschen aus den Reihen der Zuschauer. Es waren geschmeidige Kerle, verschlagen, hinterlistig, immer auf einen schnellen Überfall aus.

Natürlich hätte ich meine Beretta ziehen können, aber ich wollte es nicht auf die Spitze treiben.

»Laßt es sein!« sprach ich sie an.

Die Burschen lachten nur und näherten sich mit lautlosen Schritten von zwei Seiten, wobei sie sich schlangengleich zwischen den aufgestellten Tischen und Stühlen herschoben.

Um eine bessere Ausgangsposition zu bekommen, mußte ich zurückweichen und ging so weit nach hinten, bis ich wieder gegen die Theke stieß. »Hört auf!« warnte ich die beiden Kerle. »Bisher war alles Spaß, ich will keinen Ärger.«

Sie grinsten nur schief, und sie bekamen Unterstützung von einem der Keeper hinter mir, denn was ich da in meinem Nacken spürte, das fühlte sich verdammt nach der Mündung einer Waffe an.

»Hör zu, Schweiger! Kneifen gilt hier nicht. Hucky hast du mit Glück erledigen können. Bei den Schlitzern kannst du jetzt zeigen, wer du wirklich bist. Wenn du sie schaffst, dann bist du dabei: Okay?«

»Ja, ich habe verstanden.« Jetzt bedauerte ich es, Suko nicht bei mir zu haben, aber wir hatten nun mal abgesprochen, daß der eine nicht eher auftauchte, bis er gerufen wurde.

An das Walkie-talkie konnte ich nicht heran. Die Bewegung würde der Typ hinter mir mißverstehen. Mit ihm wollte ich auch noch abrechnen, denn er hatte sich auf eine verdammt hinterhältige Art und Weise eingemischt, die ich auf keinen Fall gutheißen konnte.

Mittlerweile wurde mir warm. Es ist kein gutes Gefühl, von zwei Seiten angegriffen zu werden, zudem wenn ein dritter einem noch die Mündung einer Waffe ins Genick preßt.

Im Lokal war es wieder still geworden. Selbst die Schritte der beiden Messerhelden waren nicht zu hören. Sie konnten sich in der Tat lautlos bewegen.

Ich schielte nach rechts und sah dort den Kerl, der sein Messer spielerisch in die Luft warf, es geschickt wieder auffing und es dann von der rechten in die linke Hand schleuderte. Das machte er ein paarmal, um mich einzuschüchtern und um mir zu beweisen, wie perfekt er war.

Vielleicht noch drei Schritte trennten uns. Wann würden sie zustechen? Und wer griff als erster an?

Es war der linke. Plötzlich stieß sein Arm vor, ich sah die Klinge blitzen und spürte einen Schmerz an der Wange. Nicht sehr stark, nur so, als hätte ich mich beim Rasieren geschnitten.

Gleichzeitig sprang auch der andere. Wieder ein gezielter, gedankenschneller Stoß mit dem Messer.

Treffer! Auch rechts merkte ich den Schmerz.

»Das war der Anfang!« flüsterte der Keeper hinter mir. »Rate mal, wie es weitergeht?«

Nun, wie es wirklich weiterging, damit rechnete keiner von uns. Nicht die Schlitzer griffen an, auch ich wehrte mich nicht, etwas anderes geschah.

Das Walkie-talkie in meiner Tasche meldete sich.

Es war nur ein leiser Piepton, aber in der Stille deutlich zu hören. Auch die beiden Messerhelden hatten ihn vernommen, und sie zuckten zurück.

Plötzlich wurden sie starr. Der rechte fragte: »Verdammt, was war das?«

Eine Antwort bekam er von dem Keeper. »Scheiße, das ist bestimmt ein Bulle!«

Er hatte den Satz kaum ausgesprochen, als die Mündung aus meinem Nacken verschwand. Ich konnte mich wieder bewegen, kam allerdings nicht dazu, selbst einen Angriff zu starten, denn in diesem Augenblick flog die Tür auf.

Ein Mischling torkelte über die Schwelle und stieß einen röhrenden Schrei aus.

Blitzschnell ruckten die Köpfe der Gäste herum. Es gab keinen, der den Schrei nicht vernommen hätte.

Es war zwar dunkel nahe der Tür, doch das Restlicht zweier Lampen reichte aus, um den Mann erkennen zu können. Von einem Farbigen hatte ich schon gesprochen, nur davon nicht, daß er seinen Mund weit aufgerissen hatte und zwei spitze Vampirzähne präsentierte.

Er war ein Blutsauger!

*

Suko war ein Mensch der Geduld. Zwar nicht mehr so wie vor Jahren, als er noch in China lebte, aber er konnte noch immer eine nahezu stoische Ruhe aufbringen, wenn es galt, irgend etwas zu beobachten.

Er wußte, daß sein Freund John Sinclair unruhig war, deshalb hatte er sich auch bereit erklärt, den Hinterhof der Kneipe unter Kontrolle zu halten.

Bisher hatte sich nichts getan. Suko hatte keinen Gegner entdeckt, und auch das Sprechgerät war stumm geblieben. Wie an den beiden Tagen zuvor auch. Klar, daß sich die Gedanken des Inspektors um den Fall drehten und auch um die Frage, ob es überhaupt ein Fall werden würde, denn geschehen war nichts. Es konnte gut sein, daß er und John einer Finte aufgesessen waren, das wiederum paßte dem Chinesen überhaupt nicht. Nacht- und Tagschicht schieben war nicht gerade sein Fall, und auch John würde sauer reagieren.

Er hatte sich einen relativ guten Platz ausgesucht. Nicht nur Mülltonnen oder Kisten standen innerhalb des Hinterhofs, sondern auch ein altes schrottreifes Auto, das wirklich ausgeschlachtet war, bei dem Reifen ebenso fehlten wie Motor, Rückspiegel oder Wischer. Die vorderen Sitze waren entfernt worden, nur die hintere Sitzbank hatte man gelassen.

Und dort hockte Suko. Obwohl der Wind durch die herausgeschlagenen Scheiben fuhr, stank es in dem Wrack. Der Schimmelgeruch hatte sich einmal festgesetzt und war nicht wieder wegzubekommen. Der Wagen stand dicht vor der Rückwand eines Hauses. Das war gut, so konnte sich keiner dem Wrack von einer Seite nähern, die Suko nicht einsah. Sein Blick glitt nach vorn und traf die Rückseite des Lokals, in dem John sich befand.

Die Kneipe hatte man bewußt so versteckt errichtet, weil die einschlägigen Typen unter sich sein wollten. Der Polizei war dies sogar angenehm. Die Beamten wußten oft, wo sie wen finden konnten.

In der Dunkelheit glich die Kneipe einer Baracke. Ein düsteres Rechteck, das vom Boden hochwuchs, aber auch Ähnlichkeit mit einem Bungalow aufwies.

Eine Zufahrt, die ein Haus in der Mitte teilte, führte auf den Hof, und sie war so breit, daß zwei Wagen nebeneinander herfahren konnten. Ansonsten wurde das große Hintergeviert von den Rückseiten hoher Mietskasernen umgeben, in denen sich eine untere soziale Schicht mit der Halbwelt mischte. So konnte es vorkommen, daß eine Familie mit vier Kindern Tür an Tür mit einem sogenannten Fotomodell lebte und die Kinder schon das richtige »Leben« kennenlernten.

Durch die offenen Fenster drangen hin und wieder Geräusche an Sukos Ohren. Mal war es das Dudeln eines Radios, dann wieder das Schreien eines Kindes oder das Lallen eines Betrunkenen. Es verging Zeit.

Suko behielt zumeist die Kneipe im Auge. Da jedoch rührte sich nichts. An der Rückseite besaß der Bau nicht einmal richtige Fenster, nur schießschartenähnliche Schlitze, durch die hin und wieder ein schmaler Lichtstreifen fiel. Immer dann, wenn einer der Angestellten in den rückwärtigen Räumen etwas zu erledigen hatte.

Suko unterdrückte den Wunsch, öfter zur Uhr zu schauen. Er hatte sich in die feuchten Polster geklemmt und lauschte den Geräuschen der Nacht. Inzwischen hatte er sich so daran gewöhnt, daß es auffallen würde, wenn ein anderes Geräusch dazwischen aufklang. Darauf vertraute der Chinese. Auf sein Gehör und seine Intuition mußte er sich einfach verlassen können.

Vor zwei Stunden noch hatte es geregnet. Es war auch kühler geworden, am Himmel lagen dicke, schwarze Wolken, ein Zeichen, daß sicherlich noch mehr Regen auf die Erde fallen würde.

Plötzlich zuckte der Chinese zusammen. Ein fremdes Geräusch, das überhaupt nicht zu den anderen paßte, war an seine Ohren gedrungen. Es schien dem Chinesen, als wäre jemand von irgendwo herabgesprungen und mit einem dumpfen Schlag auf dem Boden des Hinterhofs gelandet. An eine Täuschung wollte Suko nicht glauben, dazu hatte das Geräusch zu echt geklungen, und er blieb auch nicht mehr so liegen wie zuvor, sondern richtete sich behutsam auf. Dabei drehte er sich, brachte seinen Kopf in die Höhe und peilte durch das zerstörte Fenster nach draußen.

Sollte er den Wagen schnell verlassen müssen, würde es mit der Tür keinerlei Schwierigkeiten geben. Sie war zwar noch vorhanden, hing allerdings so schräg in den Angeln, daß sie Suko nur anzutippen brauchte, um sie aufzustoßen.

Sukos Blicke wanderten. Soweit es seine Sicht erlaubte, suchte er Stück für Stück des Hinterhofs ab. Wenn da jemand war und sich nicht in Deckung befand, mußte er sich zwangsläufig abheben.

Der Unbekannte konnte von überall gekommen sein. Es gab genügend Ausgänge bei den umstehenden Häusern, und es existierten auch Feuerleitern, die von den Dächern der Häuser in Zickzacklinien nach unten führten, wo sie etwa drei Yard über dem Grund endeten.

Suko dachte darüber nach, ob er im Wagen bleiben oder ihn verlassen sollte. Er besaß zwar von seinem Platz aus einen guten Überblick, aber jede Ecke des Hofes konnte er doch nicht einsehen, so daß immer ein kleines Risiko blieb.

Seine Gedanken wurden gestört, denn diesmal hörte er die Schritte. Und die waren nicht mal weit entfernt von dem Autowrack aufgeklungen. Suko bewegte seinen rechten Arm und drückte die Tür des Wracks ein Stück weiter auf.

Ein häßliches Knarren ertönte, das dem Inspektor durch und durch ging. Wenn sein Gegner den Laut nicht gehört hatte, dann mußte er taub sein.

Der Chinese kroch aus dem Wagen. Er wand sich durch die halb offenstehende Tür wie eine Schlange und berührte den feuchten Boden zuerst mit den Händen.

Seine Augen hatten sich längst an die Dunkelheit gewöhnt, aber voraus konnte er nichts erkennen. Da war alles dunkel. Kein Schatten hob sich dort ab.

Der Ankömmling mußte woanders stecken. Suko entfernte sich auf Zehenspitzen von seinem Versteck und schritt tiefer in den Hof hinein. Er war jetzt voll konzentriert. Die Chancen standen 50 zu 50, denn es konnte auch irgendein Penner sein, der einen Unterschlupf suchte.

Da sah Suko die Gestalt.

Rechts von ihm tauchte sie wie ein Schatten auf, wurde schnell größer, und der Chinese sah, daß der Schatten menschliche Formen aufwies und etwas in der Hand hielt, das ihm verdächtig nach einem Schlagstock oder Knüppel aussah.

Ein Monstrum war es jedenfalls nicht. Monstren reden auch nicht so wie Stromer oder Penner, denn der andere keuchte Suko folgende Worte entgegen. »Der Wagen ist mein Stammplatz, du Vollidiot. Hau ja ab, sonst mache ich dir Beine!«

Suko lächelte amüsiert. Zudem schien der Knabe Angst vor der eigenen Courage zu haben, denn er blieb vor Suko stehen und schlug nicht zu, sondern hielt nur seinen rechten Arm hoch.

»Laß es gut sein, Bruder«, erklärte der Chinese. »Setz dich in die Schaukel und schlaf.«

»Und du?« Die Frage drang zusammen mit Brandygestank irgendwo aus dem Bartgestrüpp an Sukos Ohren.

»Ich lege mich auf die Erde.«

»Hast du noch 'ne gute Lunge?«

»Ja.«

»Dann kannst du es machen. Angenehme Nachruhe!« Der Penner drehte ab und schlenderte auf das Autowrack zu. Er pfiff dabei sogar noch ein Liedchen.

Bevor er einstieg, trat er voll gegen die alte Karre. Suko hörte das Geräusch ebenfalls, drehte sich um und sah plötzlich hinter dem Wagen eine Gestalt hochspringen.

Im gleichen Augenblick schrie der Penner und wankte zurück.

Suko konnte die Gestalt besser sehen, vor allen Dingen deshalb, weil sie mit einem geschmeidigen Satz auf das Wagendach setzte.

Es war ein Werwolf!

Wie von selbst rutschte die Hand des Chinesen in die Tasche und betätigte den Einschaltknopf des Funkgeräts . . .

*

Das Warten hatte sich für mich gelohnt. Vor mir stand ein blutgieriger Vampir. Eine widerliche Bestie mit ziemlich langen Zähnen, die die Schultern hochzog, wobei sie die Arme noch vorstreckte und damit zwei Bögen schlug.

Gleichzeitig mußte Suko irgend etwas entdeckt haben, denn ich hörte auch weiterhin das Funkgerät in meiner Tasche piepsen. Von meinen Wangen rann Blut. Mit fahrigen Bewegungen wischte ich es weg, und eine rote Schicht blieb auf meinem Handrücken kleben.

Der Vampir würde das Blut riechen, es machte ihn rasend, und ich hoffte, daß es ihn auch von den anderen Gästen ablenkte. So verbrecherisch diese Kerle auch waren, den Biß eines Vampirs wünschte ich ihnen trotzdem nicht.

Momentan allerdings wußten sie nicht, was sie unternehmen sollten. Der Anblick hatte auch sie aus dem Gleichgewicht gebracht. Erst die Schlägerei, dann ihre beiden Kumpane mit dem Messer und jetzt noch eine Gestalt, wie die meisten sie wohl nur von Horrorfilmen her kannten, wenn überhaupt.

Sie standen herum und taten nichts. Die gesamte Szene schien eingefroren zu sein.

Aber ich mußte etwas unternehmen. Mit einem gewaltigen Satz stieß ich mich ab. Schießen konnte ich nicht, weil die Menschen zwischen mir und dem Blutsauger standen.

»Aus dem Weg!« schrie ich.

Da sie nicht so schnell reagierten, warf ich mich zwischen sie. Ich setzte viel Kraft ein und schleuderte sie zur Seite, um den Vampir zu packen.

Der merkte jedoch, daß ich ihm an den Kragen wollte. Mit einem gleitenden Schritt nach rechts brachte er sich aus der unmittelbaren Gefahrenzone und sprang mit einem gewaltigen Satz auf einen Tisch, wo noch zahlreiche Gläser und Flaschen standen, die von seinen Füßen zu Boden gefegt wurden. Dann stieß er sich von der Tischplatte ab, bekam einen der schräg unter der Decke herlaufenden Holzbalken zu fassen und schwang seinen Oberkörper vor. Er hatte seine Beine dabei ausgebreitet, wuchtete sie vor und traf zwei Gäste am Kopf und an der Brust, so daß die beiden zurück und mir in den Weg geschleudert wurden. Einem konnte ich ausweichen, der andere drehte sich noch in der Bewegung und klammerte sich an mir fest.

Bis ich ihn los war, verlor ich wertvolle Sekunden. Erst zwei Schläge in die Rippen schafften ihn mir vom Leib.

Diese Zeit hatte der Blutsauger natürlich genutzt. Er war quer durch das Lokal gehuscht, hatte die Theke erreicht und den Handlauf umklammert. Er stützte sich ab und schwang sich mit einem kraftvollen Sprung in die Höhe.

Ich schoß.

Es herrschte kein besonderes Büchsenlicht innerhalb der Kneipe. Das bekam ich zu spüren, als meine Kugel nicht den Vampir traf, sondern die Lampe, die dicht neben seinem Kopf schaukelte. Sie wurde von der geweihten Silberkugel zerschmettert, und die Scherbenreste spritzten nach allen Seiten davon.

Der Vampir aber verschwand hinter der Theke, und war kaum weggetaucht, als ich einen Schuß hörte und danach einen wilden Schrei.

Der Keeper mußte gefeuert haben. Er würde eine Überraschung erleben, wenn er sah, wie wenig dem Vampir eine normale Bleikugel im Endeffekt ausmachte.

Was die anderen Gäste taten und wie sie reagierten, darum kümmerte ich mich nicht, ich raste auf die lange Holztheke zu und hatte sie noch nicht erreicht, als hinter der Theke die beiden Gestalten ineinander verschlugen in die Höhe schossen und der Keeper einen Hieb bekam, der ihm die Waffe aus der Hand prellte. Ein zweiter

Schlag schleuderte ihn gegen das große Regal, in dem die Gläser und Flaschen verdächtig anfingen zu wackeln, so daß einige von ihnen zu Boden kippten und dort zerbrachen.

Ich traute mich einfach nicht, einen zweiten Schuß abzugeben, denn der Blutsauger und der Keeper standen zu dicht beisammen. Leicht hätte ich den falschen treffen können.

Als ich es dem Vampir nachmachte und auf die Theke flankte, wurde er wieder aufmerksam. Mit einem blitzschnellen Griff hatte er den Keeper zu sich herangeholt und warf ihn mir entgegen, als ich von der Platte springen wollte.

Es wurde für mich eine leicht verunglückte Landung, denn der Keeper und ich bildeten in dem schmalen Gang hinter der Theke ein Körperwirrwarr. Zudem hatte der Mann plötzlich Angst und wollte mich unbedingt festhalten, was dem Vampir natürlich Zeit brachte.

Abermals mußte ich hart einsteigen, um mich von dem anderen zu lösen. Als ich endlich auf die Beine kam, hatte der Vampir bereits den schmalen Raum hinter der Theke verlassen und war wieder in das Lokal gestürmt. Allerdings steuerte er die hintere Tür an, die auch zu den Toiletten führte. Von dort aus konnte er entwischen.

Ich startete. Meine Füße hämmerten auf einen Lattenrost, und aus den Augenwinkeln nahm ich die huschenden Bitze wahr, die durch die Luft schnitten und auch ihr Ziel fanden.

Beide Messer wühlten sich in den Rücken des Blutsaugers, der die Tür fast erreicht hatte, aber durch die Wucht nach vorn gestoßen wurde, gegen die Tür fiel und sich so die Chance nahm, sie aufzureißen.

Das konnte mein Glück sein.

Die Klingen in seinem Rücken bestanden aus Stahl, nicht aus geweihtem Silber, und als der Vampir sich hochziehen wollte, da sah er sich mir gegenüber.

Für den Bruchteil einer Sekunde schaute ich in das dunkelhäutige Gesicht mit den großen Augen, dem weit aufgerissenen Mund und den beiden langen Zähnen.

Mit links zog ich den Dolch.

Der Blutsauger ahnte, was ihm bevorstand, er wollte noch weg, doch ich erwischte ihn voll.

Er war nicht an die Tür genagelt worden, obwohl es fast den Anschein hatte, weil er plötzlich stehenblieb, als hielte ihn ein Band fest. Sein Gesicht verzerrte sich auf schreckliche Art und Weise. Plötzlich drang Blut aus seinem Mund, und ich schrie ihn an.

»Wer hat dich zum Vampir gemacht?«

Er drehte den Kopf. Aschgrau war die Haut geworden. Ein Zittern lief durch seinen Körper.

»Wer?«

»Arsenius!« schrie er. »Arsenius, der Hellseher und . . .«

Das waren seine letzten Worte, denn die Kräfte hatten ihn verlassen. Ich trat zur Seite, als er schräg nach vorn kippte und zu Boden fiel, wo er liegenblieb. Erst jetzt sah ich das Kugelloch an seiner rechten Seite. Dort hatte ihn der Keeper getroffen.

Ich nahm den Dolch wieder an mich, schaute auf den endgültig erledigten Vampir und stellte fest, daß er sich nicht veränderte. Das heißt, er zerfiel nicht. Demnach konnte er noch nicht lange als Untoter herumgelaufen sein.

Allmählich trauten sich die ersten Gäste näher. Sie schlichen heran. Ich sah in staunende, betretene, ungläubige Gesichter, sie zeigten aber auch die Furcht, die die Männer hatten.

Meine Freunde waren sie nicht. Deshalb fuhr ich sie barsch an. »Mein Name ist John Sinclair, ich bin Oberinspektor bei Scotland Yard und nicht zum Vergnügen hier. Ich sage euch das nur, daß niemand die Leiche anrührt. Verstanden?«

Sie nickten.

Mein Job war aber noch nicht beendet, denn weiterhin hörte ich das Piepen des Walkie-talkies, und ich fragte mich, wie es wohl Suko ergangen war . . .

*

»Aus dem Weg!« schrie der Chinese, und er meinte damit den Penner, der wie angenagelt auf seinem Platz stand und überhaupt nichts begriffen hatte. Wie sollte er auch, vielleicht war er high, und der Werwolf auf dem Dach mußte ihm wie das Fantasiegebilde eines Alkoholtraums vorkommen.

Die Bestie sprang.

Da schrie der Penner. Er wollte auch noch fliehen, war viel zu langsam und wurde im nächsten Augenblick unter der Gestalt des Werwolfs begraben..

Suko startete. Es war keine große Entfernung, die er zurücklegen mußte. Auch die paar Yards konnten ausreichen, um den Penner zu töten. Deshalb beeilte sich der Chinese so.

Die Bestie hatte sich in den Mann verkrallt. Sie rollten über den Boden, Suko sah das zottige Fell, und wenn der Kopf mal in seine Richtung wies, auch die hellen, kalten Augen. Dann lag er über dem Tier.

Auf lange Kämpfe wollte sich der Inspektor nicht erst einlassen. Hier mußte gehandelt werden. Die Dämonenpeitsche hatte er schon im Lauf gezogen und mit ihr auch einen Kreis über den Boden geschlagen. Die drei Riemen waren aus dem Griff gefallen. Sie besaßen eine so starke magische Kraft, daß sie ohne weiteres den Werwolf erledigen konnten, auch wenn Suko nur einmal geschlagen hatte.

Er wollte zuschlagen, doch der Werwolf schien einen sechsten Sinn für Gefahren zu haben, denn Sukos Arm befand sich noch auf dem Weg, als die Pranke plötzlich vorschoß und es dem Werwolf gelang, das Handgelenk des Chinesen zu umklammern. Zwar befanden sich die drei Riemen auf dem Weg nach unten, doch sie fuhren dicht am Kopf der Bestie vorbei und taten ihr nichts.

Der Werwolf ließ den Penner fahren. Jetzt hatte er einen neuen Gegner. Kraftvoll bog er Sukos Arm zur Seite, er wollte den Chinesen zwingen, die Peitsche aus der Hand zu geben. Gleichzeitig drückte er den Inspektor nach hinten, so daß Suko immer weiter zurücktaumelte.

Dieser Wolf wollte töten. Er befand sich in einem regelrechten Blutrausch, nur sah Suko nicht ein, daß er das Opfer sein sollte, und so griff er zu einer List.

Er ließ die Peitsche fallen.

Plötzlich lag sie auf der Erde. Auch der Werwolf sah dies, stutzte, ließ Suko los und wollte die Peitsche aufheben.

Darauf hatte der Chinese nur gewartet. Als der Werwolf sich bückte und die Krallen um den Peitschenstil klammerte, da hatte Suko die Beretta längst gezogen.

Er drückte ab.

Der Werwolf war nicht zu verfehlen, sein Schädel auch nicht, und der fing die Silberkugel auf.

Geweihtes Silber gehört zu den schwersten Geschützen, die man gegen Werwölfe einsetzen kann. Auch dieser hier hatte der Silberkugel nichts entgegenzusetzen.

Sein Kopf wurde fast zerschmettert, er fiel lang auf den Rücken, breitete die Arme aus und blieb liegen.

Das war noch einmal gutgegangen. Suko lächelte und steckte seine Beretta wieder weg.

Als er ein Schnaufen vernahm, drehte er den Kopf. Der Penner hockte auf dem Boden und hatte Kulleraugen bekommen.

»He, Partner«, flüsterte er. »Bist du 'n Wundermann?«

»Nein«, erwiderte Suko. »Pack dich jetzt, das ist nichts für dich. Geh in die Karre und schlaf dich aus.«

Der Penner schüttelte den Kopf. »Nein, nein, dahin gehe ich nicht. Ich bleibe auch nicht mehr hier. Das ist mir nicht geheuer. Jawohl, hier ist es mir nicht geheuer, hier spukt's.« Plötzlich spritzte er hoch und rannte so schnell weg, wie ihn seine krummen Beine tragen konnten.

Der Chinese wandte sich dem erledigten Werwolf zu. Er bückte sich, nahm seine Peitsche an sich und schaute sich danach den toten Gegner genauer an.

Bei ihm hatte die Rückenverwandlung schon eingesetzt. Das schwarzbraune Fell verlor an Dichte. Erste Haare fielen aus, der Körper bekam hellere Flecken, und als Suko mit den Fingern über das Fell strich, konnte er es leicht abzupfen.

Zurück blieb ein nackter Mann mit einer klaffenden Kopfwunde. Jetzt erst fiel Suko auf, daß es auch in der Kneipe nicht mehr so ruhig war. Er hörte Stimmen und sah einen Mann über den Hof und genau auf ihn zurennen.

Es war John Sinclair.

Der Chinese winkte. Ein wenig atemlos blieb ich vor meinem Freund stehen.

»Ein Werwolf«, erklärte Suko. »Ich habe ihn erledigt. Warum hast du dich nicht gemeldet?«

»Dazu hat mich leider der Vampir nicht kommen lassen, der plötzlich im Raum stand.«

»Auch das noch!« stöhnte Suko. »Ist er wenigstens hin?«

»Wie dein Wolf.«

»Na dann.«

Sekundenlang schwiegen wir. Wir wollten beide abwarten, was die Rückverwandlung des Werwolfs ergab.

Vielleicht lag ein alter Bekannte vor uns.

Nein, nur ein nackter, unbekannter Mann, mehr nicht.

Ich strich über mein Haar und erklärte Suko, was ich zuletzt aus dem Munde des Vampirs gehört hatte.

»Hast du den Namen Arsenius schon gehört?«

Suko schüttelte den Kopf. »Aber wenn er ein Hellseher ist, könnte jemand anders den Namen kennen.«

Ich schaltete schnell. »Tanith!«

»Genau.«

Das war ein guter Gedankengang gewesen. An Tanith konnten wir uns eventuell halten, doch erst einmal mußten wir die beiden Toten identifizieren. Dafür war unsere Fahndungsabteilung zuständig. Während Suko bei der Leiche blieb, ging ich wieder zurück in die Kneipe und verlangte das Telefon. Die Burschen hatten tatsächlich nichts verändert. Sogar die beiden Messer steckten noch im Rücken des Vampirs. Ihre Besitzer allerdings konnte ich nicht mehr entdecken. Die hatten es sicherlich vorgezogen zu verschwinden. Kein Wunder, denn ein Angriff auf einen Polizisten wird hart bestraft.

Meine Wangen bluteten nicht mehr. Im Spiegelteil hinter der Bar erkannte ich zwei dunkle Krusten.

Wortlos hatte mir der Keeper den Apparat hingeschoben. Ich wählte die Nummer der zuständigen Mordkommission – es war die größte Abteilung innerhalb der City von London – und erfuhr, daß mein alter Freund Chiefinspector Tanner Nachtdienst hatte.

Ihn ließ ich mir gleich geben. Er meldete sich mit seltsamen Geräuschen, so daß ich besorgt fragte, ob er es am Magen hätte.

»Nein!« knurrte er wütend. »Aber ich fresse soeben meinen Hut vor Wut.«

»Reimt sich sogar.«

»Mensch, Sinclair, bis jetzt hatte ich Ruhe. Und nun rufen Sie an. Ausgerechnet.«

»Tut mir ja selbst leid, aber ich habe da zwei Tote. Einen ehemaligen Vampir und einen früheren Werwolf. Sie haben sich wieder in normale Menschen zurückverwandelt. Ich hätte gern, wenn Sie mit Ihrer Mannschaft alles aufnehmen würden. Vielleicht gelingt es uns dann, die beiden zu identifizieren.«

»Das müssen Sie Ihrer Fahnung sagen . . .«

»Weiß ich auch. Vielleicht sind das alte Kunden von Ihnen. Ist ja möglich.«

»Okay, ich komme. Und wohin?«

»Ins *Treff!*«

»Was?« schrie Tanner. »Sie stecken im *Treff?*«

Ich lachte. »Ja.«

»Sinclair, Sie Geistermensch, Sie, dann lassen Sie die Kerle gleich da. Die nehmen wir alle für eine Nacht mit. Ich rücke mit großer Mannschaft an.«

»Ist gut.« Als ich auflegte, sah ich vier Männer dicht an der Tür. Sie schoben sich auch noch näher heran. Rasch zog ich die Beretta und richtete die Mündung auf die Burschen. »Hiergeblieben, so haben wir nicht gewettet.«

»Shit!« knirschte einer. »Wären wir doch nur früher von hier abgehauen. Wie andere auch.«

»Ja, das ist Pech«, lächelte ich.

Tanner und seine Mannschaft waren schnell. Bereits wenige Minuten später hörte ich das Heulen der Sirenen, und dann stürmten die Uniformierten in das Lokal.

Sofort entstand ein wildes Durcheinander. Es gab Proteste, jeder beteuerte seine Unschuld, das alles nutzte nichts. Die Gäste wurden abgeführt.

Und Tanner stand wie ein Feldwebel in der Mitte des Raumes. Der alte Filz saß natürlich auf dem Schädel. Sein zerknittertes Gesicht hatte er zu einem schiefen Grinsen verzogen, die Arme waren in die Hüften gestemmt, und der lange graue Mantel reichte bis zu den Knien. Eine halbaufgerauchte Zigarre steckte in seinem

Mund, und wie immer zeigten seine Revers Aschespuren.

Für jeden, der abgeführt wurde, hatte er fast ein freundliches Wort. Allerdings mit einem leicht bissig und ironisch klingenden Unterton. Dann endlich löste er sich und kam auf mich zu. Die Polizisten führten soeben den letzten ab.

»So hat dieser Fall wenigstens etwas Positives«, sagte er zur Begrüßung, »denn einige von den Typen werden gesucht, wenn ich mich nicht irre.«

»Was beschweren Sie sich denn?«

»Ach, hören Sie auf! Wo sind die Toten?«

»Erst einmal dort«, sagte ich und ging mit ihm zur Hintertür, wo der ehemalige Vampir lag.

Tanner nickte. »Zwei Messer im Rücken. Allerhand. Sind Sie inzwischen unter die Messerwerfer gegangen?«

»Nein, ich habe ihn mit dem Dolch getötet. Die Messer haben ihn nicht umgebracht.«

Das Gesicht war nicht zu sehen. Tanner gab einem seiner Männer die Anweisung, den Toten auf den Rücken zu drehen.

Dann lachte er auf. »Den kenne ich«, sagte er. »Slicky Bender. Hat ein paarmal gesessen und ist Spezialist für einsam stehende Tankstellen. Ich glaube, sie haben ihm fünf Jahre verpaßt.«

»War er frei?«

Tanner schüttelte so heftig seinen Kopf, daß ihm fast der Hut vom Schädel gefallen wäre. »Wo denken Sie hin? Der mußte noch was absitzen.«

»Und wo?«

»Kann ich Ihnen nicht sagen.«

Ich hob die Schultern. »Dann sehen wir uns mal den anderen an. Er liegt draußen. Suko steht bei der Leiche.«

»Ich habe mich schon gewundert, wo Ihr chinesischer Zwillingsbruder steckt.« Im Hof boxte der Chiefinspector beide Hände in seine Manteltaschen und paffte wild an seiner Zigarre.

Suko begrüßte ihn mit einer Handbewegung.

»Haben Sie eine Lampe?« fragte Tanner.

Ich nahm meine Bleistiftleuchte und zirkelte den feinen Strahl in das Gesicht des nackten Toten.

Diesmal war sich der Chiefinspektor nicht so sicher, er kratzte sich am Ohr und murmelte: »Gesehen habe ich ihn schon. Das Gesicht kommt mir bekannt vor. Aber ich weiß nicht, wer er ist.«

»Vielleicht kann sich einer Ihrer Männer erinnern«, sagte ich.

Tanner nickte. »Ausnahmsweise mal eine gute Idee, Sinclair. Wir haben da tasächlich einen Spezialisten, der die Unterweltszene besser kennt als ich.« Tanner holte ein flaches Walkie-talkie aus der Tasche und rief den Mann, der sich im *Treff* befand.

Fünf Minuten später stand er neben uns. Er hatte erst noch in der Kneipe seine Aufgabe beenden müssen.

»Kennst du den Toten?« fragte Tanner und zeigte auf die Leiche.

»Können Sie mal leuchten?«

Wieder nahm ich meine Bleistiftleuchte zu Hilfe.

Tanners Mitarbeiter nickte heftig. »Und ob ich den kenne. Das ist Harry Blue. Der hatte immer so traurige Augen, auf ihn fielen die meisten Mädchen rein. Aber wenn Harry sie einmal in den Klauen hatte, wurde er zur Bestie.«

»Und weiter«, sagte Tanner.

»Eigentlich nichts. Meiner Ansicht nach müßte Harry noch sitzen. Wie kommt er hierher? Hat man ihm ein paar Jahre geschenkt?«

»Das glaube ich kaum«, murmelte ich.

Der Chiefinspector meinte: »Du hast Slicky Bender. Hier liegt Harry Blue. Beide hätten an sich im Knast sitzen müssen, saßen sie aber nicht, sondern machten die Gegend unsicher. In welchen Knast hat man sie gesteckt?«

»Ich glaube, es war die Insel.«

»Ach je.«

Auch ich wußte Bescheid. Die Insel war ein Zuchthaus, das ziemlich einsam lag und ähnlich wie das berühmte Dartmoor von einer Sumpflandschaft umschlossen wurde.

»Sind Sie sich da sicher?« hakte ich noch einmal nach.

»Ja, die waren auf der Insel.«

»Dann sind beide entkommen«, stellte Suko fest.

»Und wir haben nichts gehört?« fragte Tanner ziemlich scharf. »Wie kommt das?«

Ich hob die Schultern. »Keine Ahnung, mein Lieber. Ich weiß es nicht. Meiner Ansicht nach läuft da eine riesengroße Schweinerei, wenn nicht noch mehr.«

Finde ich auch«, sagte Tanner.

»Aber das ist unser Fall, Chiefinspector«, grinste ich. »Wir werden Sie nur auf dem laufenden halten.«

»Wie immer.« Er stieß seinen Fliz weiter in den Nakken. »Was geschieht mit den beiden Leichen?«

»Die können Sie mitnehmen.«

»Den Dreck machen wir, was?«

»Warum ärgern Sie sich? Den Fall wollen wir doch lösen, oder?« Ich schlug Tanner auf die Schulter und gab Suko ein Zeichen. Wir hatten hier nichts mehr zu suchen . . .

*

Nach Hause fuhren wir allerdings nicht. Der Chinese wunderte sich, als ich noch einen kleinen Abstecher machte.

»Hast du Sehnsucht nach dem Yard Building?«

»Und wie.«

»Na denn . . .«

Scotland Yard hatte ein wenig sein Gesicht verändert. Es wurde nämlich umgebaut, wir konnten auch einen Teil des Parkplatzes nicht mehr benutzen. Zum Glück herrschte nachts wenig Betrieb, einen freien Abstellplatz fanden wir immer.

In unserem Büro mußte ich erst einmal Licht machen. Alles war so seltsam und kalt. Der Papierkorb stand auf dem Schreibtisch, hinter den ich mich setzte und zuschaute, wie Suko den Korb in die Ecke schleuderte, wo er hingehörte.

Ich besitze ein Verzeichnis der wichtigsten Telefonnummern. Unter anderem fand ich dort auch die Rufnummer einer gewissen Madame Tanith, der Hellseherin aus Paris, die den Kelch des Feuers besaß. Er paßte genau zu ihrer seltsamen Kugel, durch die sie die Schicksale der Menschen erkennen konnte.

Ich ließ viermal durchläuten und glaubte schon, daß nicht abgehoben werden würde, als eine leicht rauh klingende Stimme fragte: »Hallo, John, wie geht es?«

Ich war erst einmal perplex und mußte schlucken. Das war wirklich ein Ding. Ich hatte mich noch nicht gemeldet, und schon sagte Tanith meinen Namen.

»Ich bin's tatsächlich«, stellte ich verblüfft fest.

»Das weiß ich, John.«

»Wieso?«

»Mein kleines Geheimnis. Manchmal erkennt man am Klingeln des Apparats, wer der Anrufer ist.«

Da hatte sie recht, denn so war es mir auch schon ergangen. Ich hatte an einen bestimmten Menschen gedacht, plötzlich klingelt das Telefon, und die Person will mit einem reden.

»Sie haben ein Problem, John.«

Tatsächlich. Können Sie es erraten?«

Tanith lachte. »Nein.«

»Gut, dann will ich es Ihnen sagen. Es geht um einen Kollegen von Ihnen, Tanith. Arsenius. Kennen Sie ihn?«

Eine Weile war es still. Ich bekam keine Antwort, so daß ich die Hoffnung schon fast aufgeben hatte, denn auch auf mein Rufen hin sagte Tanith nichts.

»He, sind Sie noch dran?«

»Ja, das bin ich.«

»Wie ist es? Kennen Sie Arsenius?«

»Er ist das Trumpf-As der Hölle!«

»Was ist er?« Ich hatte nicht richtig verstanden.

Tanith wiederholte den Satz, und ich wurde bestätigt. Das Trumpf-As der Hölle, so nannte er sich, und Tanith mußte ihm nicht eben grün sein, wie ich an ihrer Reaktion merkte.

»Wo sind Sie mit ihm zusammengestoßen, John?«

»Überhaupt nicht. Ich habe nur Hinweise auf einen Hellseher namens Arsenius bekommen.«

»Wollen Sie den Hinweisen nachgehen?«

»Natürlich. Er hängt in dem Fall mit drin, wo ein Werwolf und ein Vampir die Rolle spielen.«

Tanith lachte hart. »Dann hat er seine Todeskarte wieder ausgespielt. Ich kenne das.«

»Wie soll ich das verstehen?«

Tanith schwieg. Wollte sie mir nichts sagen? Hatte sie kein Vertrauen? Fast kam es mir so vor. Nach einer Weile hörte ich wieder ihre Stimme aus dem fernen Paris.

»Hören Sie zu, John. Arsenius ist gefährlich. Würde es Ihnen etwas ausmachen, wenn ich Sie in London besuche?«

»Das wäre gut.«

»Dann wollen wir nicht mehr lange reden. Ich nehme die erste Maschine, die startet. Au revoir.«

Ich verabschiedete mich ebenfalls und klärte Suko auf, der nur die Hälfte des Gesprächs mitbekommen hatte.

Der Chinese legte seine Stirn in Falten und spielte mit einem Bleistift. »Seltsam, die Reaktion von Tanith. Aber weil sie so reagiert, muß hinter der Sache mehr stecken als nur ein Vampir oder ein Werwolf.«

Der Meinung war ich ebenfalls. Dann schaute ich nach, wann die erste Maschine aus Paris landete. Das war ziemlich früh. Wenn wir noch eine Mütze voll Schlaf nehmen wollten, durften wir nicht länger im Büro herumhocken.

»Los, Suko, Matratzenhorchdienst. Morgen sehen wir weiter.« Wir verließen das Büro. Ich schaltete als letzter das Licht aus.

*

Einige Stunden später.

Als wir den Londoner Berufsverkehr sahen, da war ich es leid. Wir kamen nur im Schrittempo voran, und ich schaltete die Sirene ein. Mit einem Magnethalter klemmte Suko das Blinklicht auf dem Dach fest.

Jetzt ging es etwas besser.

Nachdem wir die City hinter uns gelassen hatten, konnte ich ohne Sirene weiterfahren, und als in der Ferne die gewaltigen Gebäudes des Flughafens Heathrow erschienen, da hatten wir noch genau 20 Minuten Zeit bis zur Landung.

Das war bequem zu schaffen.

Einen Parkplatz fanden wir dicht am Terminal, wo normalerweise die Fluggäste nicht halten durften. Mein Ausweis verschaffte mir den Zutritt, und ich setzte mich auch sofort mit der Flughafenpolizei in Verbindung. Die Maschine aus Paris traf soeben ein. Wir konnten sie sogar sehen, wie sie als kleiner Punkt aus dem hoch über dem Airport liegenden Dunst kam, langsam größer wurde und sich der Landebahn entgegensenkte. Die gewaltigen

Räder berührten das Betonband, das Flugzeug ruckte ein paarmal, dann lief es glatt aus.

Wir hatten vereinbart, daß Tanith ausgerufen werden sollte. Als die Passagiere durch den Schlauch zur Zollkontrolle geführt wurden, da ertönte schon die Lautsprecherstimme.

Wenig später konnten wir Tanith begrüßen.

Seit unserem letzten Zusammensein hatte sie sich nicht verändert. Sie war wie immer die schicke, elegante Frau um die Vierzig mit rötlich braunen Haaren, dem feingeschnittenen Gesicht, das sie mit einem dezenten Make-up versehen hatte, und dem geschmeidigen Gang einer lauernden Tigerin. Von Tanith ging eine Faszination aus, der man sich nur schwerlich entziehen konnte. Wenn sie einen Menschen mit ihren rätselhaften Augen anschaute, konnte derjenige das Gefühl haben, ihr Blick würde ihn mitten in die Seele treffen.

Tanith umarmte mich und hauchte mir nach französischer Art ihre Lippen rechts und links gegen die Wange. Ich roch ein dezentes Parfüm und sah ihre Hände, die sich ebenfalls nicht verändert hatten.

Grüne Fingernägel. Es war ein Tick von ihr, sich die Fingernägel grün lackieren zu lassen, aber sie wollte einen Kontrast zu ihrem rotbrauen Haar haben.

»Herzlich willkommen«, sagte ich und lachte, weil ich mich ehrlich freute.

Tanith begrüßte auch Suko. Sie war nur mit leichtem Gepäck gereist. Einen Koffer hatte sie und ein Ding, das mich an eine große Hutschachtel erinnerte. Beide Teile lagen auf dem Gepäckband und mußten auch die Kontrolle hinter sich lassen, bevor sie von uns in Empfang genommen werden konnten.

»Ihr habt aber schlechtes Wetter hier in London«, sagte Tanith und zog wie fröstelnd die Schultern hoch.

»Scheint in Paris die Sonne?« fragte ich.

»Dort scheint immer die Sonne.«

Ich lachte. »So kann nur eine Frau sprechen, die ihre Stadt liebt.«

»Paris ist anders als London«, erklärte mir Tanith. »Dort ist Leben. Da ist eben alles anders. Sogar das Wetter.« Die Wahrsagerin hatte sich einen leichten Mantel übergeworfen. Darunter trug sie einen schicken Blazer und einen weit geschwungenen Rock. Wir nahmen die Frau in die Mitte und gingen zu unserem Wagen. Ihre »Hutschachtel« wollte Tanith selbst tragen, verständlich, auch ich nahm meinen Einsatzkoffer immer gern persönlich an die Hand.

Als ich den Wagen aufschloß, fragte sie: »Wo fahren wir hin?«

»In unsere Burg.«

»Sind wir da ungestört?«

»Zum Glück.«

Da wir eine lange Fahrt vor uns hatten, bat ich Tanith, etwas über Arsenius zu erzählen. Sie zündete sich erst eine Zigarette an, steckte sie in eine Spitze, rauchte ein paar Züge und schaute aus dem Fenster. »Es ist nicht einfach, über Arsenius zu reden«, bemerkte sie mit ihrer dunkel klingenden Stimme.

»Versuchen Sie es trotzdem.«

»Daß Arsenius ein Hellseher ist, wissen Sie«, begann die Wahrsagerin. »Und er ist ein besonderer Mann, das meine ich allerdings im negativen Sinne. Er hat es geschafft, mit anderen Mächten Kontakt aufzunehmen, nur daß er sich hat von ihnen umdrehen lassen. Ich traf ihn vor zwei Jahren bei einem Kongreß. Dort hat er eine flammende Rede gehalten. Er sprach für die Hölle, für das Böse und nannte sich selbst das Trumpf-As der Hölle.«

»Wieso dies?«

»Er hat seine Karten dem Teufel geweiht.«

»Aus denen er liest?« wollte Suko wissen.

»Ja, er ist ein Mann der Karten. Er beherrscht sie, und sie beherrschen ihn.«

»Hat er Anhänger?«

Das Nein der Wahrsagerin klang entschieden. »Die hat er zum Glück nicht. Arsenius ist ein Einzelgänger, und das wird er auch bleiben. Er bezeichnet sich offiziell nicht als Hellseher, sondern als Psychologe. Eine gute Tarnung, mit der er viele Erfolge errungen hat.«

»Mich wundert nur, daß wir von ihm noch nichts gehört haben«, sagte ich.

Da lachte Tanith. »Sie dürfen Arsenius nicht unterschätzen, John. Seine Heimat ist die ganze Welt. Er arbeitet mal in den Staaten, dann in Asien und wieder in Europa. Er ist wie ein Phantom, ein Schatten. Überall und nirgends.«

»Jetzt hat er seine Zelte in London aufgeschlagen. Oder wenigstens in der Nähe.«

»Alles deutete darauf hin.«

»Woher stammt er eigentlich?« wollte Suko wissen, der im Fond des Bentley saß.

Tanith warf einen knappen Blick über die Schulter. »Seine Herkunft ist ebenso rätselhaft wie der Mann selbst. Es gibt nur Gerüchte, die niemand bestätigen kann. Laut seiner Aussage ist er ein Abkömmling des gefürchteten Rasputin. Er soll in Rußland geboren worden sein und ist dann durch die halbe Welt gewandert, wo er sich überall umgeschaut hat.«

»Stimmt das?«

Tanith lachte. »Ich habe noch nicht nachgeforscht. Also müssen wir ihm glauben.«

»Und wie alt ist er?«

»Das kann keiner sagen. Er ist ein Mensch, der überhaupt nicht auffällt, das werden Sie sehen, wenn Sie ihm gegenüberstehen.«

Ich überholte zwei Lastwagen. »Psychologe«, murmelte ich. »Weshalb verschweigt er seinen Beruf?«

»So kann er besser untertauchen«, antwortete Tanith. »Arsenius arbeitet immer im verborgenen. Er tarnt sich ausgezeichnet, daran sollten Sie stets denken.«

»Fragt sich nur, wo er dann jetzt steckt?«

»Das müssen Sie herausfinden.«

»Und wenn wir ihn haben, was machen wir dann?« wollte Suko wissen.

»Hat er sich eines Vergehens schuldig gemacht?« erkundigte sich die Hellseherin.

»Vielleicht. Nein, bestimmt sogar. Nur können wir ihm nichts beweisen. Wir sind auf die Aussage eines sterbenden Vampirs angewiesen. Das ist seltsam, aber es stimmt.«

»Dann müssen wir ihn aus der Reserve locken.«

»Wenn wir ihn gefunden haben.«

»Gibt es eine Spur?«

»Sehr vage«, sagte ich. »Sie führt zu einem Zuchthaus, denn der Vampir und der Werwolf kamen aus einem Zuchthaus. Zudem haben wir Gerüchte gehört, daß noch mehr Monster aufgetaucht sind. Wir gingen den Gerüchten nach, die uns in eine Londoner Unterweltskneipe führten. Dort kam es dann zu der Begegnung mit den beiden Wesen.«

»Aber wo Arsenius steckt, das hat Ihnen niemand gesagt?«

»Nein.«

»Wir werden es herausbekommen.« Ihre Stimme klang optimistisch. Inzwischen hatten wir die City von London erreicht und gerieten abermals in den Verkehr. Es dauerte über eine halbe Stunde, bis ich meinen Bentley auf dem Hof des Yard Building parken konnte. Aufatmend verließen wir den Wagen.

Tanith blieb auf dem Hof stehen und schaute an der

hohen Fassade hoch. »Ich mag diese Häuser nicht«, sagte sie. »Für mich sind sie etwas Unechtes, Größenwahnsinniges, das nur von überheblichen Menschen gebaut werden konnte.«

»Aber platzsparend«, hielt ich entgegen. »Wenn Sie daran denken, was hier der Boden kostet.«

»Wenn man es so sieht.«

»Das muß man.«

Unser Chef, Superintendent Sir James Powell, wußte Bescheid. Vor unserer Fahrt zum Flughafen hatte ich ihn bereits informiert, und er erwartete uns in seinem Büro.

Ich klopfte an und wunderte mich, daß Sir James persönlich öffnete. Der Alte war ja richtig in Form. Seine Augen hinter den dicken Brillengläsern leuchteten, als er Tanith sah. »Herzlich willkommen bei uns«, begrüßte er sie und reichte ihr beide Hände.

Suko grinste ebenso wie ich. Heimlich stießen wir uns an. Der Alte konnte richtig charmant werden, und er geleitete Tanith auf den bequemsten Besucherstuhl.

»Bitte, nehmen Sie doch Platz. Darf ich Ihnen etwas zu trinken anbieten?«

»Nein, danke, ich habe im Flugzeug gegessen und getrunken.« Sie lächelte uns an. Wir hatten uns ebenfalls hingesetzt, und Sir James nahm hinter seinem Schreibtisch Platz. Er krauste die Stirn und blätterte in einigen Papieren, die vor ihm lagen. »Mr. Sinclair hat mir bereits berichtet, was vorgefallen ist, und ich habe mich ebenfalls nach diesem Arsenius erkundigt. Dabei ist etwas Interessantes herausgekommen. Wir haben ihn. Wir wissen, wo er arbeitet.«

»Das ist gut«, sagte ich.

»Ja, natürlich.« Sir James schluckte. »Aber so einfach kommen wir an ihn nicht heran, weil wir ihm nichts beweisen können. Er hat seit einem halben Jahr einen festen Job als Psychologe.«

Tanith lachte, als sie das hörte und irritierte unseren Chef ein wenig. »Entschuldigen Sie, Sir James, aber er wechselt seine Gewohnheiten nie, das sehe ich jetzt.«

»War er denn Psychologe?«

»Er gibt dies als Beruf an.«

Sir James nickte. »Das muß stimmen. Er muß die entsprechenden Unterlagen besitzen, denn sonst hätte er in keinen Staatsdienst eintreten können.«

»Staatsdienst?« fragte ich.

»Ja, da scheinen wir dem Steuerzahler ein Kuckucksei ins Nest gelegt zu haben. Arsenius ist nämlich Gefängnis-Psychologe in einem Zuchthaus, aus dem zwei Männer geflohen sind, die sich anschließend als Werwolf und Vampir entpuppten.«

»Das ist typisch für ihn«, erklärte Tanith. »Ich hätte ihm auch kaum etwas anderes zugetraut.«

Ich enthielt mich eines Kommentars. Hinter meiner Stirn jedoch jagten die Gedanken. Arsenius hatte durch den Beruf als Zuchthaus-Psychologe natürlich alle Vorteile auf seiner Seite. Vor allen Dingen kam er an Menschen heran, die sich nicht wehren konnten, denn sie befanden sich in seiner Hand. Er war immer der Stärkere, und wenn er es geschickt anstellte, konnte er bald das gesamte Zuchthaus unter Kontrolle bekommen. Die Gefangenen würden ihm gehorchen und nur das tun, was er ihnen befahl. Das waren trübe Aussichten.

»John, Sie sagen nichts«, unterbrach die Stimme meines Chefs meinen Gedankengang.

»Ich dachte schon an die Folgen, Sir.«

»Die können in der Tat schlimm sein, wenn wir nichts unternehmen.«

»Hat man denn nicht bemerkt, daß zwei Gefangene fehlen?« wollte Suko wissen.

»Natürlich wurde Alarm gegeben.« Sir James lächelte. »Ich habe alle Hebel in Bewegung gesetzt und auch mit dem Direktor des Zuchthauses gesprochen, der sich überrascht zeigte, daß wir die beiden Füchtlinge schon hatten. Nur von Arsenius habe ich nichts erwähnt, nur durch Fragen herausbekommen, in welch einer Funktion er innerhalb des Zuchthauses tätig ist.«

»Macht der Direktor einen vertrauenserweckenden Eindruck?« wollte ich wissen.

»Auch über ihn habe ich mich erkundigt. Er leitet das Haus seit nunmehr acht Jahren, und es hat bisher keinen Ausbruch gegeben. Der Mann, er heißt Thomas Randall, steht vor einem Rätsel.«

»Das er allein nie lösen wird«, sagte Tanith.

»Und warum nicht?«

Die Hellseherin schaute den Superintendenten an. »Arsenius ist eine Gefahr, Sir. Die Menschen sind in seinen Händen wie Wachs, daran sollten Sie denken. Er kann sie manipulieren, er kann mit ihnen spielen. Halten Sie sich das immer vor Augen.«

»Der Ansicht bin ich ebenfalls«, gab Sir James zu. »Und ich habe auch bereits an einem Plan gebastelt. Jemand muß in das Zuchthaus hineingeschafft werden, um Arsenius das Handwerk zu legen.« Während der Worte hatte Sir James den Kopf gedreht. Als er mich anschaute, blieb sein Blick an mir kleben.

»Ich?«

»Sie haben doch schon Erfahrung, John.«

»Wieso?«

»Denken Sie mal an Dartmoor. Haben Sie da nicht auch mal in einer Zelle gesessen.«

»Das meinen Sie. Himmel, das ist lange her.«

»Wobei ich hoffe, daß Sie noch nichts vergessen haben.«

»Und was machen wir?« fragte Suko.

Da lächelte der alte Fuchs. »An Sie und Madame Tanith habe ich natürlich auch gedacht. Sie können sich, vorausgesetzt, Sie sind einverstanden, in der Nähe des Zuchthauses einquartieren. Nicht weit entfernt befindet sich ein Dorf. Dort gibt es auch zwei Gasthäuser. Nicht sehr konfortabel, aber ich habe mir erlaubt, schon im voraus zwei Zimmer zu bestellen.«

Das war typisch Sir James. Irgendwie empfand ich Stolz. Dieser Mann bewies, wie wertvoll er war. Wenn er vorausdachte, dann nicht nur an den nächsten Tag, sondern schon an den übernächsten. Er sah Zusammenhänge, auf die andere kaum kamen. Sir James war in der Tat ein ungeheures Organisationstalent, was er wieder einmal unter Beweis gestellt hatte.

Suko und Tanith lächelten. Die Wahrsagerin meinte: »Ich habe zwar nicht so viel Gepäck bei mir, aber ich kann mir ja etwas kaufen. Damit Arsenius das Handwerk gelegt wird, dafür tue ich einiges, Sir James.«

»Das finde ich gut. Was Sie an Auslagen haben, wird selbstverständlich von uns ersetzt.«

Suko meinte. »Dann kannst du ja endlich studieren, John.«

»Wieso?«

»Knastologie und Gitterkunde.«

»Und dich stecke ich sechs Wochen in Dunkelhaft.«

Sir James hob beide Arme. »Bitte, meine Herren, ein wenig mehr Ernst. Ich habe auch schon die entsprechenden Papiere vorbereiten lassen, so daß Sie, John, so rasch wie möglich eingeliefert werden können. Eigentlich schon heute.«

»Wo liegt das Zuchthaus denn? Ist es die Insel?«

»Möglich. Es liegt zwischen Cambridge und London. Ungefähr auf halber Strecke. Es nennt sich Prison on Oak. In der Nähe sind zahlreiche Eichenwälder, deshalb.«

»Und Sümpfe, nicht?«

»Auch das.«

»Wie soll ich heißen?«

»Sie behalten Ihren Namen. Nur der Direktor ist eingeweiht. Er wird Sie, wenn Sie mit anderen Gefangenen beisammen sind, als einen Mörder behandeln. Sie haben zwei Bankangestellte bei einem Raub hier in London erschossen.«

Ich verzog das Gesicht. »Gleich zwei?«

»Ja, wir möchten nämlich, daß sie zu den aussichtslosen Fällen gelegt werden, um die, so hat Thomas Randall mir versichert, kümmert sich Arsenius besonders.«

»Dann wird er mir wohl auch die Karten legen, wenn ich mich nicht irre«, erwiderte ich.

Die Worte hatte auch Tanith vernommen. Sie schüttelte den Kopf. »Wünschen Sie sich das nicht, John. Und denken Sie immer daran. Arsenius ist ein Teufel. Ein Teufel, John . . .«

Ich schaute in ihr Gesicht. Kein Muskel zuckte darin. Die Augen hatten einen ernsten Ausdruck angenommen. Da wußte ich, daß es für mich kein Spaziergang werden würde . . .

*

»Raus!«

Die barsche Stimme des Wächters riß mich aus meiner Lethargie. Die Fahrt über im ausbruchsicheren Gefängniswagen hatte ich schlafend verbracht und schreckte nun hoch.

Vor mir sah ich die Öffnung. Ein helles Rechteck an der Rückseite des Wagens! Beide Türen waren aufgeklappt. Rechts und links standen Aufpasser. Sie trugen graue Uniformen, Schlagstöcke an den Gürteln, aber keine Schußwaffen. Ihre Gesichter waren kantig. Sie wirkten ebenso grau wie der Tag.

Meine Hände waren mit einer stählernen Acht gefesselt. Ich lief die drei Schritte bis zum Ausgang und sprang auf einen Platz vor dem Gefängnisbau, der mit grauem Schotter bedeckt war. Hohe Mauern, Wachtürme, ein Eisentor und ein Bau mit zahlreichen, vergitterten Fenstern. Drei Etagen zählte ich.

Deprimierend wirkte dies alles. Schlimm, wie ein Vorhof zur Hölle. Die Luft war schwül, zahlreiche Mücken tanzten. Ihre Anwesenheit wies auf die Nähe des Moors hin, von dem auch ein fauliger Geruch über den Gefängnishof schwang.

»Los, marsch!« wurde ich angetrieben. »Beweg dich mal, Killer«, sagte der hochgewachsene Oberaufseher mit dem breiten Schnauzer unter der Nase.

Wie er die Worte sprach, gab mir zu denken. Ich wurde hier als zweifacher Mörder eingeliefert, und Mörder mochten die Beamten wohl nicht. Ein Paradies hatte ich hier nicht zu erwarten.

Ich lief. Automatisch gewöhnte ich mir den Gefängnistrott an. Die Schulter hoch- und den Kopf eingezogen. Noch trug ich meine zivile Kleidung, das allerdings änderte sich bald, als ich mich in einer gefliesten Kammer und unter den Augen der Wärter bis auf die Haut ausziehen mußte und neue Kleidung bekam, die nach einem widerlichen Mottenpulver stank.

Blaue Gefängniskluft. Graue Unterwäsche. Seife, Handtücher, eine Zahnbürste, einen Becher, Toilettenpapier. Mehr bekam ich nicht. Dafür mußte ich zwei Quittungen unterschreiben, die mir ein alter Kalfaktor reichte.

Einmal die Empfangs- und zum anderen die Ausgabebestätigung. Ich schlüpfte in die Gefängniskluft und schaute dabei zu den beiden Wärtern hin, die sich breitbeinig vor der Tür aufgebaut hatten und mich nicht aus den Augen ließen.

»Schneller!« Der Befehl klang wie ein Peitschenschlag.

Ich duckte mich und enthielt mich eines Kommentars. Als ich fertig war, bekam ich eine weitere Aufforderung durch ein knappes Kopfnicken. Die Wärter nahmen mich in die Mitte. Wir verließen den Raum und schritten eine Metalltreppe hoch. Im ersten Stock erreichten wir einen langen Gang, wo sich die Büros der Gefängnisverwaltung befanden. Vor der dritten Tür blieben wir stehen. Der Oberaufseher hatte schon den Arm halb erhoben, um anzuklopfen, als er zögerte.

»Ach so«, sagte er zu mir. »Ich habe dir noch nicht meinen Namen gesagt. Ich heiße Todd, einfach Todd. Meine Freunde nennen mich Toddy, den Schlächter. Aber zu meinen Freunden wirst du bestimmt nicht gehören, da ich meine Frau bei einem Banküberfall verloren habe. Eine Killerkugel traf sie.«

»Es tut mir leid!« murmelte ich.

Todds Gesicht verzerrte sich. Er sah aus, als wollte er über mich herfallen. »Du Scheißer«, sagte er dann und klopfte endlich gegen das Holz.

Auf ein leises »Come in« konnten wir den Raum betreten. Es war ein Vorzimmer. Zwischen Aktenregalen und hinter einem kleinen Schreibtisch hockte ein dürrer Typ mit dicker Hornbrille. »Ah, der Neue«, kommentierte er. »Mr. Randall wartet bereits.«

Im gleichen Augenblick tauchte Thomas Randall in der offenen Durchgangstür auf. Er strahlte Autorität aus. War hochgewachsen, trug einen grauen Anzug, und sein schwarzes Haar war sorgfältig gescheitelt. Das Gesicht zeigte noch Urlaubsbräune, die Augen blickten klar und forschend.

»Kommen Sie, Sinclair«, sagte er und wandte sich im nächsten Augenblick an die Wärter. »Sie warten draußen.«

»Jawohl, Sir.«

Ich trabte in das Zimmer des Direktor. Der Mann

schloß die Tür, drehte sich zu mir um und lächelte. »Herzlich willkommen auf der Insel, Oberinspektor«, begrüßte er mich.

Ich hatte mich auf die Schreibtischkante gesetzt und winkte ab. »Hören Sie auf. Bei einer Insel denke ich immer an Südsee, Palmen, schöne Mädchen, aber nicht wie hier, an Depression, triste Mauern und frustrierte Aufseher wie Todd.«

Randall nahm hinter seinem Schreibtisch Platz. »Was wollen Sie machen? Gern arbeiten die Leute verständlicherweise hier nicht. Ich kann sie nicht zwingen, zu lachen.«

»Das könnte ich hier auch nicht.«

»Haben Sie etwas gegen Todd?«

»Nein, er wird aber was gegen mich haben. Seine Frau ist bei einem Banküberfall ums Leben gekommen.«

»Ja, ja, die alte Geschichte. Die wird er nie überwinden können. Zum Glück ist seinem Kind nichts passiert. Aber lassen wir das. Wenn Todd sich Ihnen gegenüber danebenbenimmt, lassen Sie mich es wissen, denn hier hat jeder Gefangene das Recht, den Direktor sprechen zu dürfen.«

»Mal sehen.« Randall beugte sich zur Seite und zog eine Schublade des Schreibtisches auf. Ich wußte, was kam und mußte lächeln, als ich den säuerlichen Gesichtsausdruck des Mannes sah, während er meine Beretta, den Dolch, den Ausweis und das Kreuz auf den Schreibtisch legte. »Ich möchte sagen, daß dies zumindest sehr ungewöhnlich ist, Oberinspektor.«

»Der Zweck heiligt die Mittel.«

»Wobei wir beim Thema wären.«

Seine Stimme klang etwas bitter, doch Vorwürfe bekam der Direktor von mir nicht zu hören. »Wissen Sie, Mr. Randall, Sie werden für die Ausbrüche nicht verantwortlich gemacht.«

»Geben Sie mir das schriftlich?«

»Wenn Sie wollen.«

Es war wohl nur eine Redensart von ihm gewesen, denn ich bekam nichts zum Unterschreiben ausgehändigt. Dafür sagte er: »Zwei haben Sie erwischt, aber wie viele sind ausgebrochen und zurückgekehrt?«

»Hatten Sie diese Fälle tatsächlich?«

»Gerüchte, Mr. Sinclair, Gerüchte. Aber es könnte etwas Wahres daran sein. Nur, wer kehrt freiwillig in ein Zuchthaus zurück, das er eben erst verlassen hat?«

»Das frage ich mich allerdings auch.«

Der Direktor erhob sich. »Ich will ehrlich sein, Mr. Sinclair. Hier stimmt einiges nicht. Ich habe das Gefühl, die Kontrolle über meinen Bereich zu verlieren, wenn Sie verstehen, was ich meine.«

»Möglich.«

»Die Nächte sind am schlimmsten. Da sehe ich oft Gespenster, höre Geräusche, denn ich schlafe die Woche über hier. Nur am Wochenende fahre ich nach London.«

»Was hören Sie denn?«

»Kann ich nicht genau sagen. Mal ein Heulen, als wären Wölfe in der Nähe, sogar eine gewaltige Fledermaus ist schon gesichtet worden, allerdings nicht von mir persönlich.«

»Na ja«, sagte ich, »dann hoffe ich nur, daß sich die Dinge aufklären werden.« Ich packte meine Sachen ein. Das Kreuz hängte ich mir um. Es verschwand unter dem Unterhemd. Die Beretta mit den Silberkugeln klebte ich an der linken Wade fest. Das Pflaster gab mir Randall. An der anderen Wade wurde der Dolch befestigt.

Als alles okay war, nickte ich. »Und wo werde ich hingeschafft?«

»Möchten Sie eine Einzelzelle?«

»Das wäre nicht schlecht.«

»Okay, ich sage Todd Bescheid.«

»Und noch etwas hätte ich gern. Einen Schlüssel zur Zelle.«

Für einen Moment starrte mich der Direktor fassungslos an. »Sie wollen einen Schlüssel?«

»Ja, ich muß mich bewegen können.«

»Na gut, wie Sie meinen. Ich habe hier einen, der paßt zu allen Türen. Ist eine Spezialanfertigung.«

»Muß ich arbeiten?«

»Nein. In den ersten vier Wochen werden die Gefangenen bei uns sich selbst überlassen. Sie sollen erst einmal nachdenken und werden dann zu einer Arbeit eingeteilt.«

»In den Sümpfen?«

»Nein, die werden nicht trockengelegt. Umweltschutz, wissen Sie. Es gibt genug zu tun. Wir bekommen von den Firmen immer kleinere Aufträge, die wir preiswert durchführen.«

»Auch eine Art von staatlicher Subvention.«

»Haben Sie noch irgendwelche Fragen?«

Ich steckte den Schlüssel ein und schüttelte den Kopf. »Nein, das wäre im Augenblick alles.«

Die Hand des Direktors näherte sich bereits dem schwarzen Rufknopf. »Einen angenehmen Aufenthalt kann ich Ihnen ja nicht wünschen. Versuchen Sie trotzdem, das Beste daraus zu machen.«

»Ich werde mich bemühen.«

Randall drückte den Knopf. Zwei Sekunden später standen die beiden Aufseher im Raum.

Der Direktor erklärte ihnen, in welch eine Zelle ich gesteckt werden sollte.

»Einzelhaft also«, sagte Todd.

»Genau.«

»Dann komm mit mir, Sinclair!«

Kaum hatte er mich angesprochen, verwandelte ich mich bereits in den ängstlichen Zuchthäusler mit hochgezogenen Schultern und geducktem Kopf. So wollte Todd es haben. Für ihn war es immer ein innerer Vorbeimarsch, wenn sich ein Gefangener vor ihm duckte. Als Oberaufseher war er ein kleiner Gott.

Als wir durch den langen Gang schritten, änderte sich sein Verhalten. Neben mir ging er her. Den harten Gummiknüppel hatte er in die rechte Hand genommen und schlug damit gegen seine offene linke Handfläche. »Einzelzelle, Sinclair«, sagte er. »Man steckt dich in eine Einzelzelle, das ist gut, sehr gut. Da werde ich dich des öfteren besuchen. Dann kannst du mir erzählen, wie du die Bank ausgeraubt und geschossen hast, du Killer.«

Ich warf ihm von der Seite her einen Blick zu, und bemerkte das Glitzern in seinen Augen.

Der Kerl war ein Sadist!

Über Eisentreppen und durch lange Flure mußten wir gehen. Die Zellentüren standen zumeist offen. Im Zuchthaus sah ich kaum jemand, denn die meisten arbeiteten. Nur die leichteren Fälle der Kranken waren beschäftigt worden. Zumeist fegten die Männer. Wenn Todd ankam, traten sie hastig zur Seite. Er schien allgemein nicht sehr beliebt zu sein. Mir wurden höhnische Blicke zugeworfen, denn das Erscheinen eines jeden Neuen erinnerte die älteren daran, daß sie weniger abzusitzen hatten.

Wir mußten fast die gesamte zweite Etage durchschreiten, um zu den Einzelzellen zu gelangen.

Meine hatte die Nummer 13.

Wenn daß kein Omen war.

»Du bist doch nicht abergläubisch?« fragte mich der Oberaufseher.

»Wieso?«

»Geh rein, Mensch.«

Er stieß mich durch die offene Tür und rammte sie sofort hinter mir zu. Zweimal drehte er den Schlüssel. Ein schreckliches Geräusch für die Gefangenen. Ich mußte trotzdem grinsen, obwohl mich der Kerl sicherlich durch das Guckloch beobachtete, aber dieses Gefühl konnte ich nicht unterdrücken, weil ich an den Ersatzschlüssel dachte, der in meiner Hosentasche steckte.

Die Zelle war mies. Ich schaute mich um, als ich die Schritte des Oberaufsehers hörte, wie er sich von der Zelle entfernte.

Bett, Tisch, Schrank, Waschbecken, eine weiße Toilette ohne Brille, darüber das schmale Fenster mit dem Gittermuster. Knastologie und Gitterkunde, hatte Suko gesagt. Das traf wirklich zu.

Gelassen räumte ich meine wenigen Habseligkeiten in den Spind, legte mich dann auf die Matratze und harrte der Dinge, die da noch kamen. Es war so ruhig, daß ich sogar einschlief, und erst wach wurde, als Lärm durch die langen Flure hallte.

Da donnerten die Schritte, da flogen Türen zu, es wurden Befehle geschrien und saftige Flüche ausgestoßen. Ich peilte durch das Guckloch und sah zwei Mitgefangene vorbeiziehen. Einer mußte wohl mein Auge hinter der Optik bemerkt haben, denn er machte eine obszöne Handbewegung in meine Richtung.

Eine halbe Stunde verging.

Dann vernahm ich das summende Geräusch und stellte fest, daß die Tür aufschwang. Gleichzeitig hallte eine blecherne Stimme durch den Komplex. »Essen fassen!«

Auch ich verließ meine Zelle.

Die meisten Gefangenen trotteten vor mir her. Wärter standen in soldatischer Pose da und trieben die Leute an. Auch ich wurde angeschrien, mußte mich beeilen, erreichte die Schlange und reihte mich ein.

Neben mir stand ein blasser Mann mit Goldrandbrille. Er schaute mich kurz an. »Neu hier?«

»Ja.«

»Wie lange wirst du sitzen?«

»Mindestens fünfzehn.«
Er pfiff durch die Zähne. »Mord, wie?«
»Doppelmord.«
Der Mann schob seine Brille hoch. »Auch das noch. Ja, da sind sie mies, die Richter.«
»Und du?«
»Nur Mord. Einfach. Meine Frau. Sie hat mich betrogen, und ich nahm den Eispickel, als sie schlief.«
Hätte ich dem Mann nicht zugetraut. Dann zuckte ich zusammen, denn dicht neben meinem linken Ohr befand sich plötzlich der Mund eines Wärters. Der Kerl brüllte. »Hier wird nicht gequatscht.«
»Sorry, Sir!«
Er wollte noch etwas sagen, wir aber gingen weiter, und erreichten etwa fünf Minuten später den Eßsaal.
Eine große Halle. Lange Tische standen dort, umrahmt von rohen Holzbänken. Hier war es kein Vergnügen, seine Mahlzeiten herunterzuschlingen.
Ich bekam wie die anderen einen Teller und ein Besteck. Das Essen mußten wir uns abholen. Kalfaktoren teilten es aus. Sie warfen uns die Pampe auf ein dreigeteiltes Tablett. Und als Pampe konnte man das Essen wirklich bezeichnen. Es war nicht mehr als ein Fraß. Eine Art grüner Kartoffelpürree. Dazu gab es ein Stück zähes Rindfleisch. Das war alles. Schon beim ersten Essenfassen schwor ich mir, richtig speisen zu gehen, wenn ich hier raus war.
Noch mußte ich den Fraß hinunterschlingen. Ich saß zusammen mit den anderen in einer langen Reihe und schlug mir die Pampe in den Magen. Kaum jemand schaute auf. Man aß schweigend. Und doch wurden Nachrichten ausgetauscht. Zumeist unter den Tischen, dies ging so schnell, daß selbst die an den vergitterten Fenstern stehenden Wärter nichts davon bemerkten.
Auch in meiner Reihe wurde etwas weitergereicht. Ich

bekam ebenfalls einen Zettel zwischen die Finger und gab ihn an meinen Nebenmann. Nach einer halben Stunde mußten wir aufstehen. Eine Stunde Ausgang auf dem Gefängnishof.

Nicht für mich.

Mich pickte mein besonderer Freund Todd aus der Masse der Gefangenen heraus. »Die Leute in den Einzelzellen bleiben in ihren Buden hocken«, erklärte er grinsend.

Ich hob die Schultern. Persönlich schaffte er mich zurück. Dabei ließ er mich rennen und schlug hin und wieder mit dem Stock an meiner Schulter vorbei. Allerdings wunderte er sich, wie wenig ich außer Atem war, als ich vor meiner Zellentür stand.

»Gute Kondition, wie?«

»Es geht, Sir«, erwiderte ich leicht spöttisch.

»Das werden wir nach vier Wochen testen. Wir haben da schöne Außenposten, wo Männer mit guter Kondition gesucht werden. Freu dich schon drauf, Killer!«

Wieder stieß er mich in meine Zelle und rammte voller Wut die Tür zu. Er schloß auch eigenhändig ab.

Ich drehte mich um, schaute auf die Innenseite der Tür und bekam große Augen.

Dort standen zwei Worte.

WELCOME JOHN SINCLAIR

Sie waren mit Blut geschrieben!

*

Zwei Tage passierte nichts.

Ich saß meine Stunden ab und konnte inzwischen mit den Menschen fühlen, die keine Arbeit hatten und auch nicht aus dem Zimmer durften. Es war eine Hölle.

Vier Schritte von der Tür bis zum Fenster, zwei von Wand zu Wand. Ein fast schon perverser Spaziergang.

Über die Schrift hatte ich auch nachgedacht. Sie war plötzlich verschwunden, einfach so. Aber ich ahnte, daß sich etwas über meinem Kopf zusammenbraute, und zwar nicht eingeleitet durch Todd, sondern durch einen anderen unbekannten Mann.

Wahrscheinlich Arsenius.

Zudem nahm ich an, daß er über meine Funktion genau Bescheid wußte. Klar, mein Name war in gewissen Kreisen bekannt und auch gefürchtet. Arsenius hielt Kontakt zu den Schwarzblütlern. Sicherlich hatte er erfahren, daß ich neu eingeliefert worden war und sofort seine Schlüsse gezogen.

In der ersten Nacht hatte ich ziemlich unruhig bis zum Fünf-Uhr-Wecken geschlafen. In der zweiten Nacht allerdings hatte ich von dem Schlüssel Gebrauch gemacht und war unterwegs gewesen. Nur auf Socken war ich durch die Gänge geschlichen.

Auch nachts ist ein Zuchthaus nie ruhig. Irgendwo gibt es immer Geräusche. Da summte es, da waren Schritte zu hören, da drangen seltsame Laute aus den Zellen. Eine beklemmende und unheimliche Atmosphäre, wie mir schien.

Irgendwelche Vampire oder Werwölfe hatte ich nicht gesehen. Auch von draußen waren keine Heullaute zu hören gewesen. Mir schien es wie die Ruhe vor dem großen Sturm.

Zweimal hätte man mich fast erwischt. Nur im letzten Augenblick konnte ich jeweils den wachen Augen eines Wärters entgehen.

Aber ich hatte das Zuchthaus besser kennengelernt und stellte mir so manches Mal das dumme Gesicht des Oberaufsehers vor, wenn er erfuhr, daß ich nächtens heimliche Spaziergänge unternahm.

Auch der dritte Tag begann so wie die beiden vorherigen. Das frühe Wecken, das depremierende Frühstück, wo die Gefangenen ihre schlechte Laune nur mühsam zügeln konnten und dann der Abmarsch. Für die anderen zu den Arbeitsstellen, für mich in die Zelle.

Jedesmal ging Todd mit.

Allerdings konnte er mich nicht noch schneller scheuchen, denn er mußte immer neben mir herlaufen, und ich hatte nun mal die bessere Kondition.

Das schien Todd zu merken, er wurde immer wütender und begann, mich zu beschimpfen.

Als er mich wieder in die Zelle schleudern wollte, trat ich blitzschnell zur Seite und schaute ihn kalt an.

»Lassen Sie das!« zischte ich.

Mein Blick mußte ihn gewarnt haben, denn er ging zurück und hob den rechten Arm mit dem Schlagstock. Es sah aus, als wollte er schlagen, und ich sagte: »Los, schlagen Sie zu!«

Tief holte er Luft. Sein feistes Gesicht war rot angelaufen, der Schnauzer zitterte, dann ließ er den Arm sinken: »Rein in die Zelle, verdammt!«

»Gern, Herr Oberaufseher!« Ich drehte ihm den Rükken zu und hatte kaum die Schwelle übertreten, als er die Tür hart zurammte. Es klang wie ein Schuß.

Mein Gott, mußte dieser Mann frustriert sein. Allerdings war es auch schlimm, was er hinter sich hatte.

Zwei Stunden vergingen. Nicht einmal zum Putzen wurde ich eingeteilt, hockte am Tisch und dachte daran, was Suko und Tanith wohl jetzt unternahmen. Entdeckt hatten sie sicherlich noch nichts, dann hätten sie sich schon längst mit dem Direktor in Verbindung gesetzt, und von ihm hatte ich keinen Bescheid bekommen.

Harte Schritte draußen schreckten mich aus meinen Gedanken. So ging nur Todd. Er war es auch, der die Tür öffnete, mich kurz musterte und seine Lippen verzog.

»Besuch für dich, Sinclair!«

»Lassen Sie ihn rein!«

Todd trat zur Seite, und ein mir vom Äußeren her unbekannter Mann betrat meine Zelle.

Obwohl ich ihn nie zuvor gesehen hatte, wußte ich sofort, wer vor mir stand.

Arsenius!

»Lassen Sie uns allein, Todd«, sagte er und lächelte, als der Aufseher die Tür schloß . . .

*

Ein Gasthaus hatten sie gefunden. Der Ort hieß Swampville, bestand aus ein paar Häusern, einer Kirche und zwei Gasthöfen, wo man auch übernachten konnte.

Natürlich war das Auftauchen des Chinesen und seiner aparten Begleiterin mit einer Sensation zu vergleichen. Die Leute hatten sich erst die Augen aus dem Kopf gestiert, dann tuschelten sie, aber so, daß Suko und Tanith nichts davon mitbekamen. Besonders die Frauen schauten immer auf die grünen Fingernägel der Madame, die Männer interessierten sich mehr für den vor dem Gasthaus stehenden silbergrauen Bentley. In der Nacht und auch während der spätabendlichen Dunkelheit hatte Tanith mit Hilfe ihrer Kugel versucht, Kontakt zu den Gegnern aufzunehmen. Es war ihr nicht gelungen. Die Kugel stand jetzt in der Öffnung des Feuerkelches, in die sie genau hineinpaßte.

Welches Geheimnis Kugel und Kelch miteinander verband, das war nicht bis in alle Einzelheiten geklärt worden. Tanith nahm es vorerst einfach nur hin.

Die Gegend hatten sie längst erkundigt. Dabei hatte Tanith sich tatsächlich andere Kleidung holen müssen. Vor allen Dingen Stiefel, eine derbe Hose und einen Parka.

»Ist ja nicht gerade mein Stil«, sagte sie zu Suko, der darüber nur lachen konnte.

Weniger freundlich war die Umgebung. Zwar schloß sich das Moor nicht direkt an das Dorf an, sondern erst hinter den dichten Eichenwäldern, aber dieser öde Flekken konnte einen Menschen schon krank machen. Im Sommer war das Moor eine besondere Brutstätte für allerlei Insekten, die sich als Opfer gern Menschen aussuchten.

Eine Moorkarte gab es auch zu kaufen. Dort waren Wege eingezeichnet, wie man den Sumpf durchwandern konnte. Garantie dafür wollte der Verkäufer allerdings nicht übernehmen, denn ein Moor konnte sich verändern.

Zwei Tage benötigten Suko und Tanith, um sich einigermaßen auszukennen. Zudem hatten sie auch die Straße gefunden, die durch das Moor schnitt und zum Zuchthaus führte.

Es war eine normale Verkehrsstraße, allerdings wenig befahren.

Natürlich interessierte die beiden die unmittelbare Umgebung des Zuchthauses besonders, und am Morgen des dritten Tages machten sie sich wieder auf den Weg.

Den Dorfbewohnern waren diese Ausflüge natürlich suspekt, aber Suko und Tanith hatten sich als Wissenschaftler ausgegeben, die das Moor erkunden wollten. Damit gaben sich die Einheimischen schließlich zufrieden.

Um die Strecke zu Fuß zu laufen, war sie zu lang. Deshalb nahmen sie den Bentley. Vom Dorf aus gab es eine schmale Verbindungsstraße zu der, die zum Zuchthaus führte. An manchen Stellen war sie mit Holzbohlen befahrbar gemacht worden.

Suko hatte immer ein ungutes Gefühl, wenn er den Silbergrauen über das schmale Band lenkte. Rechts und links breitete sich eine glatte, grasbewachsene Fläche aus, in der hin und wieder die farbigen Blüten irgendwelcher Wasserpflanzen schimmerten. Erst westlich davon begannen die Eichenwälder, die sich allerdings im weiten Bogen bis zur Hauptstraße hinzogen und sie säumten.

Als Suko auf die Straße einbog, mußte er stoppen. Ein Gefangenentransporter passierte sie.

Tanith bekam eine Gänsehaut. »In so einem Wagen hat John auch mal gesessen, nicht wahr?«

»Ja.«

»Wie schlimm.«

Suko hob nur die Schultern. Er bog auf die Straße ein. Aus einem Wolkenloch fiel ein Sonnenstrahl und traf die von toten Mücken bedeckte Frontscheibe des Bentley.

Fünf Meilen waren es bis zum Zuchthaus. So weit wollten Tanith und Suko nicht fahren. Nur keinen Verdacht erregen. Sie hatten die Türme gesehen, die mit Wachtposten besetzt waren. Von dort oben konnte der Wagen zu leicht gesehen werden.

Einen Teil der Zuchthausumgebung hatten sie bereits erkundet. Laut Karte wollten sie jetzt die Landschaft jenseits des Komplexes absuchen, die nicht so sumpfig, sondern eher hügelig war. Suko und Tanith gingen davon aus, daß sich irgendwo in der Nähe Arsenius' Helfer versteckt hielten, denn die Kugel hatte der Wahrsagerin zwar keine direkte Antwort gegeben, sie jedoch darüber informiert, daß in der Nähe schwarzmagische Gestalten lauerten.

Es waren Strömungen zu spüren gewesen, die sich aber nicht genauer darstellten, weil eine Gegenmagie vorhanden war. Die Straße gehörte jetzt ihnen allein. Vor einer Kurve wurde es dunkler. Da begannen die hohen Eichenbäume, deren Blätter ein dichtes grünes Dach bildeten.

Der silberfarbene Bentley schoß in den Tunnel hinein. Als es wieder heller wurde, senkte der Chinese die Geschwindigkeit. Den schmalen Weg kannten sie schon. Suko wirbelte das Lenkrad herum und fuhr den Wagen in den Pfad. Er bremste erst dann, als die Zweige hinter dem Wagen zusammenfielen.

Die beiden stiegen aus.

»Wollen Sie die Kugel mitnehmen?« fragte Suko.

Tanith verneinte mit einer Kopfbewegung und schüttelte den Kopf und gleichzeitig ihr Haar aus, das sie dann mit einem Tuch zusammenband.

»Nein, nein, ich lasse sie im Kofferraum. Er ist ja abgeschlossen.«

Sie hatte die Kugel nicht im Hotelzimmer lassen wollen. Die Neugierde der Menschen aus dem Dorf war eben zu groß.

Zu Fuß gingen sie weiter und schlugen sich nach links in die Büsche. Da sie derbe Stiefel trugen, machte es ihnen nichts aus, auch über Waldboden zu laufen. Das Unterholz wuchs sehr dicht. Auf dem feuchten Boden wucherten vor allen Dingen hohe Farne. Tiere wurden in ihrer Ruhe gestört und huschten erschreckt zur Seite, wenn sie die beiden Menschen entdeckten.

Da Suko vorging, blieb er auch als erster stehen, als sie den Wald verließen.

Vor ihnen befand sich eine hügelige Fläche. Sie war mit Büschen und Gras bewachsen, allerdings noch so flach, daß Suko und Tanith darüber hinwegschauen konnten.

Wie ein drohender düsterer Kasten erhob sich hinter der Fläche das Zuchthaus. Von außen sah es schlimm aus, wie mußte es erst innen sein? Suko bedauerte seinen Freund, der in der Zelle hockte und von dicken Mauern umgeben war.

Sie hatten im Dorf Erkundigungen eingezogen und wußten, daß die Gefangenen nicht in der Nähe des Zuchthauses arbeiteten. Entweder innerhalb des Komplexes oder aber in anderen Orten, zu denen sie mit Bussen hingefahren wurden.

Ein Wachturm befand sich an der Westseite des Zuchthauses nicht, so daß die beiden kaum entdeckt werden konnten, zudem schützten sie noch die kleinen Hügel und das hohe Gras.

»Was suchen wir eigentlich?« murmelte Suko.

»Das, was uns die Kugel angezeigt hat«, erwiderte Tanith.

»Kann sie sich auch irren?«

»Nein.« Diese Antwort klang so bestimmt, daß Suko keine weiteren Fragen mehr stellte und weiterging.

Den ersten Hügel hatten sie erklommen. Ihr Blick schweifte nach unten. Sie sahen ein Wasserloch, auf dessen Oberfläche eine grüne Algenschicht lag. Ein paar fette Kröten hockten am Rand des kleinen Gewässers und glotzten die beiden Menschen an.

Als sie sich bewegten, da hechteten die Kröten in das Wasser. Suko übersprang den Teich und half auch Tanith, die Strecke zu überwinden.

»Komme mir vor wie ein Pfadfinder«, sagte die Französin und lächelte.

»Hoffentlich finden wir auch was.« Suko war noch immer ein wenig skeptisch.

»Keine Sorge, das wird klappen.«

Über zwei Stunden durchsuchten sie das Gelände. Dabei entfernten sie sich immer weiter von der Straße, auf der hin und wieder ein Wagen fuhr. Sie sahen die Fahrzeuge nicht, hörten nur das Brummen der Motoren.

Und dann machte Suko eine sehr wichtige Entdekkung. Er wäre fast über den seltsamen Pfad gestolpert, der sich quer durch die Landschaft zog.

»Tanith, bitte kommen Sie mal.« Die Wahrsagerin hatte sich ein wenig von Suko entfernt. Als der Chinese rief, war sie rasch zur Stelle.

Suko deutete nach unten. »Da, sehen Sie!«

Die Hellseherin senkte den Kopf. »Ein Pfad«, sagte sie. »Sogar aus Holzbohlen. Wo führt er hin?«

»Das müßte ich eigentlich Sie fragen«, erwiderte Suko grinsend. »Wo Sie doch Hellseherin sind.«

»Jetzt machen Sie sich über mich lustig.«

»Nur ein Scherz am Rande. Kommen Sie.«

Die beiden folgten dem Pfad. Wo er endete, wußte niemand von ihnen. Wie eine Schlange wand er sich durch das Gras. Er war dunkler als die Umgebung, drehte zahlreiche Kurven und führte nach Sukos Ansicht wieder in das Moor hinein.

Als er plötzlich nicht mehr zu sehen war, blieben beide stehen. »Abgesackt!« stellte der Chinese fest.

Tanith drängte sich an Suko vorbei. Sie wollte es nicht recht glauben und blieb neben einem Erdhügel stehen. »Suko!« rief sie. Kommen Sie her, das ist interessant.«

Rasch war der Chinese bei ihr. Auch seine Augen wurden groß vor Staunen, denn mit dieser Entdeckung hatte keiner von ihnen gerechnet. Der Pfad endete vor einer Tür.

Sie war in einen Hügel eingebaut worden, sogar an den Seiten durch Holz verstärkt und besaß einen festen Unterbau. »Das verstehe, wer will«, murmelte Suko. »Ich nicht.«

»Sehen wir mal nach.«

Sie mußten sich bücken, konnten auch nicht aufrecht durch die Tür gehen, da der Hügel nicht einmal so groß war wie sie. Auf die Knie ging Suko nieder. Er schaute sich das Schloß an, das vor die Tür gehängt worden war.

Es bedeutete für den Chinesen keinerlei Schwierigkeiten, es zu knacken. Er kam sich auch nicht wie ein Einbrecher vor, als er sein Werkzeug aus der Tasche holte.

Es konnte natürlich sein, daß die Dorfbewohner den Pfad angelegt hatten, um innerhalb des Hügels irgendwelche Dinge aufzubewahren, die den Augen der anderen verschlossen bleiben sollten, aber daran wollte der Chinese nicht so recht glauben.

Behutsam schob er das flache Gerät aus hellem Kunststoff in das Schloß und werkelte herum.

Ein paarmal drehte er es nach rechts, dann wieder nach links, schließlich hatte er Erfolg.

»Ging leichter, als ich dachte«, murmelte er. Aus seiner gebückten Haltung schaute Suko hoch. »Spüren Sie nichts, Tanith?«

»Nein.«

»Vielleicht hätten wir doch lieber die Kugel mitnehmen sollen.« Suko ärgerte sich.

»Wer kann das wissen!«

Suko lächelte. »Auch eine Wahrsagerin nicht.« Er streckte seinen Arm aus und faßte nach der schmalen Klinke. Das Metall fühlte sich kalt und klamm an. Zudem ließ sich die in den Hügel eingebaute Tür nicht so leicht öffnen. Sie hatte sich verzogen. Holz schrammte über Holz, und der Chinese verzog ärgerlich das Gesicht, weil er zuviel Mühe hatte.

Tanith blickte ihm über die Schulter. Sie schaute in das Dunkel und roch im gleichen Moment die muffige Luft, die ihr entgegenströmte.

»Wollen Sie draußen bleiben?« erkundigte sich Suko.

»Wo denken Sie hin.«

Der Chinese lächelte. Keine andere Antwort hatte er von Tanith erwartet.

Er ging auf die Knie nieder und bewegte sich behutsam voran. Eine tiefe Schwärze nahm ihn auf, die jedoch bald durch den dünnen Strahl seiner Lampe erhellt wurde, als Suko sie einschaltete.

Überrascht blieb er in seiner hockenden Stellung. Tanith, die nicht so viel sehen konnte, da sie sich hinter dem Chinesen befand, fragte: »Was ist passiert?«

»Die Höhle ist größer, als ich angenommen hatte.«
»Wieso?«
»Das geht noch in die Tiefe.« Suko hatte seine Stimme zu einem Flüstern gesenkt. »Es gibt sogar eine Leiter.«
»Dann los.« Taniths Stimme zitterte. Auch sie konnte ihre Spannung kaum noch unterdrücken.
Behutsam bewegte sich Suko vor, bis er den Pfad erreicht hatte. Dort blieb er für einen Moment hocken und überprüfte die Leiter. Ja, sie stand fest genug, und die Sprossen würden sein Gewicht wohl tragen können.
»Gehen Sie vor!« wisperte die Französin.
Das tat der Inspektor auch. Er drehte sich um und reichte Tanith die Lampe, damit sie ihm leuchten konnte.
Mit dem Rücken zur Höhle stieg der Chinese die Leiter hinab. Die Sprossen federten zwar ein wenig, weil sie feucht geworden waren, aber sie hielten das Gewicht des Mannes.
Tanith hatte ihre Hand über den Rand gesenkt. Der Strahl fiel in die Tiefe, zitterte kaum und schickte sein Licht dorthin, wo die Leiter aufhörte.
Suko sprang. Der Boden war weich, ein wenig sumpfig, aber ein Mensch sank nicht ein. Der feuchte Lehm hielt einiges an Gewicht aus.
»Und?« fragte Tanith von oben.
»Alles in Ordnung, Sie können kommen«, erklärte Suko.
Taniths Abstieg ging fast schief, als sie eine Sprosse verfehlte. Ihr »Merde«,* nötigte Suko ein Lächeln ab. Er half ihr auf der letzten Strecke der Leiter.
Aufatmend blieb sie neben dem Inspektor stehen. Für einen Moment schauten sie sich an.
»Und jetzt?« fragte die Französin.
Suko nahm ihr die Lampe aus der Hand. Bisher war er

* Sehr starker Ausdruck des Bedauerns.

noch nicht dazu gekommen, den Hintergrund der Höhle auszuleuchten. Er ging ein paar Schritte vor, brachte den Arm mit der Lampe hoch und schwenkte den dünnen hellen Finger im Kreis.

Er selbst blieb stumm, aber die Frau stieß einen leisen Ruf der Überraschung aus.

Im Hintergrund der Höhle standen fünf Särge!

*

Damit hatte weder Suko noch Tanith gerechnet. Sekundenlang waren sie sprachlos und schauten nur auf die Umrisse der makabren Totenkisten. Wie bei vielen anderen Dingen gibt es auch bei Särgen gute und weniger gute. Die in der Höhle standen, gehörten zu den billigen. Einfache, aus Fichtenholz zusammengenagelte Bretterkisten, sehr primitiv und in einem Sarggeschäft kaum zu finden. Jeder Verkäufer würde sich schämen, diese Totenkisten an den Mann zu bringen.

Nur das heftige Atmen der beiden Menschen war zu hören, als sie auf die Särge starrten. Selbst Sukos Hand befand sich nicht in einer Ruhelage. Der helle Strahl zitterte leicht.

Tanith faßte nach Sukos Arm. »Ich . . . ich spüre es«, wisperte sie, »die Särge sind nicht leer.«

»Vampire?« hauchte der Chinese ebenso leise.

»Wahrscheinlich.«

»Aber wo kommen sie her?« Suko winkte sofort ab. »Klar, wahrscheinlich aus dem Zuchthaus. Danach sehen sie mir jedenfalls aus. So wie die zusammengenagelt sind.«

»Sollen wir sie öffnen?«

Eine gute Frage hatte Tanith gestellt. Suko dachte darüber nach. Wenn sämliche Särge belegt waren, dann hatten sie es mit fünf Vampiren zu tun. Kein gutes Verhältnis, allerdings gestand sich Suko ein, daß auch er nicht waffenlos war und mit seiner Beretta sowie mit der Dämonenpeitsche schon aufräumen konnte.

Auf jeden Fall bat er Tanith, erst einmal an der Leiter zu bleiben und abzuwarten.

Sie war einverstanden.

Suko aber näherte sich den makabren Totenkisten. Jemand hatte die fünf Särge so nebeneinandergestellt, daß sie in die Höhle hineinzeigten. So wurde Platz gespart.

Auf dem weichen Lehmboden waren Sukos Schritte kaum zu hören, und es wurde noch stiller, als er neben dem rechts außen stehenden Sarg stoppte.

Er schaute und leuchtete auf den Deckel. Ein schmaler Spalt hatte das Holz geteilt. Er wuchs längs über den Sargdeckel. Für eine Durchsicht war er leider nicht breit genug.

Suko beugte sich ein wenig nach unten und ließ den dünnen Strahl seiner Lampe an der Seite des Sargs entlangwandern. Er suchte nach Verschlüssen, denn irgendwie mußten diese Totenkisten ja zu öffnen sein.

Seine Suche zeigte keinen Erfolg. Auch beim zweiten Sarg nicht. Man mußte die Deckel schon aufbrechen.

Tanith konnte sich keinen Reim auf Sukos Verhalten machen. »Was ist los?« fragte sie zischend.

»Ich bekomme den Deckel nicht auf. Nicht ohne Werkzeug.«

»Dann sind die Särge unter Umständen leer.«

»Kann sein.«

Suko zog natürlich beide Möglichkeiten in Betracht. Derjenige, der die Höhle hier angelegt hatte, war bestimmt nicht ohne Grund an die Arbeit gegangen. Er brauchte Platz für seine Helfer oder Diener. Wenn es Vampire waren, konnte man diese wieder in zwei Arten aufteilen.

Da waren einmal die klassischen Vampire. Eben die,

die sich nur in der Dunkelheit bewegten und tagsüber ihre Zeit innerhalb eines Verstecks, zumeist war es ein Sarg, verbrachten.

Dann gab es die modernen Blutsauger. Sie hatten sich angepaßt und konnten sich auch am Tag bewegen. Da waren sie zwar nicht so kräftig wie sonst, doch sie gingen nicht ein, wenn das Licht sie traf.

Da Suko nicht genau wußte, was nun mit den Vampiren los war, wuchtete er einen Sarg kurzerhand in die Höhe.

Die Totenkiste hatte ihr Gewicht. Ein Zeichen, daß sich jemand in ihrem Innern befand.

Ein Lächeln kerbte die Lippen des Chinesen, als er den Sarg wieder zurückfallen ließ. Er schlug so hart auf, daß Tanith sich erschreckte und hastig fragte: »Was ist los?«

»Der Sarg ist belegt!«

»Und?«

»Gehen Sie lieber in Deckung«, warnte Suko, bückte sich und hob den Sarg an. Der Chinese besaß Kraft. Was er einmal anpackte, das ließ er so leicht nicht mehr los.

Er wuchtete die Totenkiste in die Höhe und schleuderte sie gegen die Wand der Höhle.

Es gab einen dumpfen Laut. Der Sarg verkantete noch einmal, Holz knirschte, und im nächsten Augenblick fiel die Totenkiste zur Seite, wo sie auch liegenblieb.

Suko hatte seine Beretta gezogen. Die anderen Särge ließ er links liegen, ihn interessierte nur dieser eine, und er hörte ein schreckliches Ächzen.

Es war ein schauriges Geräusch, grauenhaft und nervenzerfetzend. Ein Zittern lief durch eine dunkel gekleidete Gestalt, die sich innerhalb der aufgesplitterten Totenkiste zur Seite bewegte, und Suko sah eine Hand, die aus den Trümmern kroch.

Die Hand war bleich, hellhäutig, mehr eine Klaue. Sie bewegte sich über den Boden auf Sukos Schuhe zu. Der

Chinese ging so weit zurück, bis er neben Tanith stand.

»Haben Sie schon einmal einen Vampir gesehen?« hauchte er.

Die Wahrsagerin schüttelte stumm den Kopf. »Dann sehen Sie sich jetzt einen an, bevor ich ihn erledige.«

Vorsichtig ging Tanith vor. Suko sah die Gänsehaut auf ihrem Gesicht. Obwohl die Französin einem ausgefallenen Beruf nachging und mit zahlreichen Phänomenen konfrontiert wurde, war sie einem Vampir noch nie begegnet.

Sie hatte zwar Einblicke in andere Dimensionen erhalten, wußte, wie es im Vorhof der Hölle aussah, aber sie selbst war noch nicht so unmittelbar betroffen gewesen.

Und nun sah sie das Wesen, das sich vom Blut anderer ernährte.

Der Sarg war dort aufgesplittert, wo sich das Gesicht des Vampirs befand, wobei Gesicht der falsche Ausdruck war, denn das verzerrte Etwas mit den blutunterlaufenen Augen konnte man nur als eine Fratze bezeichnen.

Zwei lange Zähne wuchsen aus dem Oberkiefer. An ihrem Ende waren sie angespitzt. Diese Beißer würde der Vampir in den Hals seines Opfers schlagen und das Blut saugen.

Tanith schüttelte sich, und sie erschrak heftig, als sie die plötzliche Berührung spürte. Der Vampir hatte zugegriffen und ihr Bein in Höhe des Knöchels umklammert.

Ein triumphierender Laut löste sich aus seiner Kehle, und mit einem Ruck zog er Tanith zu sich heran.

Erst jetzt schrie die Frau.

Suko hatte bisher nicht sehen können, was geschehen war, wurde durch den Schrei aufmerksam und stellte fest, daß sich die Hellseherin in einer verteufelten Klemme befand.

Suko legte die Waffe an. Er zielte an Tanith vorbei auf den Kopf des Vampirs.

In diesem Augenblick löste sich unter der Decke der Höhle eine gräßliche Gestalt.

Keiner hatte nach oben geschaut, auch Suko nicht. Deshalb fiel der Werwolf direkt auf ihn zu . . .

*

Arsenius war gekommen!

Freiwillig sogar. Doch ich glaubte fest daran, daß er mir hier nur etwas vorspielte, wenn er einen freundlichen Tagesgruß entbot. Dieser Mann hatte einiges in der Hinterhand.

»Du bist der Neue«, sagte er und nickte.

»Das wissen Sie doch längst.«

»Möglich. Darf ich mich setzen?«

»Klar, Meister, wenn Ihnen mein Bett gut genug ist.«

»Ich nehme den Stuhl.« Arsenius lächelte freundlich, zog den Stuhl ein Stück zu sich heran und nahm Platz.

So hatte ich Zeit und Muße, ihn genau zu betrachten. Vom Äußeren her konnte man ihn eher als unscheinbar bezeichnen. Ein schmächtiges Kerlchen mit schmalen Schultern, die traurig herabhingen. Sein Gesicht besaß die Gefängnisblässe, die Nase war spitz, das Kinn floh zum Hals hin, und das Haar war einst dunkel gewesen. Jetzt hatte es eine graue Farbe angenommen, und nur noch vereinzelte schwarze Strähnen bildeten ein Muster auf dem Kopf.

Blieben die Augen.

Das war der Hammer. Wer ein wenig Menschenkenntnis besaß, der mußte feststellen, daß die äußere Erscheinung des Mannes täuschte, wenn man in die Augen schaute. Mir kam der Vergleich mit schwarzen Kieseln in den Sinn. Aber Kiesel, die nicht starr waren, sondern von einem unheimlichen Feuer eingefangen wurden, das in den kleinen Pupillen leuchtete. Wenn Arsenius einen

Menschen anblickte, dann sezierte er ihn förmlich oder riß seine Seele auseinander.

In der Kleidung hatte er sich den Zuchthausinsassen zwar nicht gerade angeglichen, aber er lief doch in tristen Sachen herum. Jackett und Hose zeigten eine graue Farbe, die Schuhe waren schwarz – dabei fielen mir seine relativ großen Füße auf –, und das Hemd bestand aus einem weißen Material.

»Ich bin Arsenius«, stellte er sich vor.

»Meinen Namen kennen Sie ja.«

»Ja, ich weiß, daß Sie John Sinclair heißen.« Zum erstenmal verzog er die dünnen Lippen zu einem Lächeln. Es waren farblose Lippen, als wären sie überhaupt nicht mit Blut gefüllt. »Ich habe mich über dich erkundigt.« Er sagte einmal Du und dann wieder Sie. »Man hat dir eine sehr lange Zeit aufgebrummt, fünfzehn Jahre, um genauer zu werden.«

»Das stimmt.«

»Doppelmord!«

Ich klatschte in die Hände. »Sie sind wirklich auf dem laufenden, Arsenius, gratuliere. Sind Sie der Knastpfarrer?«

»Nein, der bin ich nicht. Allerdings beschäftigte ich mich auch mit der Seele des Menschen, da ich von Beruf Psychologe bin.«

Ich winkte ab und stöhnte auf. »Ein Seelenklempner also.«

»Ja.«

»Bisher habe ich in meinem Leben noch keinen Seelenklempner gebraucht, und das wird auch so bleiben, Meister«, erwiderte ich ziemlich forsch. »Ich hoffe, Sie haben das verstanden.«

Er lächelte wieder. Damit konnte er Gefangene bestimmt auf die Palme bringen, an mir jedoch prallte das Lächeln ab, denn ich wußte, daß wir beide uns Theater vorspielten. »Man kommt zu mir, wenn man Probleme hat«, fuhr er fort. »Und Probleme gibt es in diesem Zuchthaus mehr als genug, das kannst du mir glauben. Vor allen Dingen Leute wie du haben die meisten Probleme, die fast Lebenslänglichen, die mit Dreißig eingeliefert werden und erst herauskommen, wenn sie Fünfzig sind. Daran solltest du denken, John Sinclair.«

»Sicher denke ich daran. Aber was wollen Sie?«

»Helfen!«

Ich lachte laut. »Haben Sie einen Fluchttunnel gegraben, Arsenius?«

Er schwieg, als ich die Frage stellte. »Einen Fluchttunnel«, murmelte er, »so etwas Ähnliches bestimmt. Vielleicht einen geistigen. Wenn du mit mir sprichst, dann kannst du fliehen. Ich erlaube es dir, daß sich deine Gedanken frei bewegen, egal wohin, du mußt nur richtig mit mir reden, Sinclair.«

»Wenn ich nicht will?«

Arsenius senkte den Kopf. Er starrte auf seine langen Finger, die von einer dünnen Haut überspannt wurden. »Das würde ich dir nicht raten, John Sinclair, wirklich nicht. Es ist besser, wenn du dich auf meine Seite stellst.«

»Also was wollen Sie? Kommen Sie endlich zur Sache! Sie erzählte mir hier irgendein Zeug, das ich nicht hören will. Ist das Ihre gesamte Aufgabe, Meister?«

»Es waren harte Burschen hier, Sinclair, sehr harte, sogar. Und jeden haben sie hier kleingekriegt, auch wenn sie sich für die tollsten Kerle hielten. In diesem Zuchthaus haben die Gefangenen keine Chance, da kann kommen, wer will, auch wenn es ein Geisterjäger und Oberinspektor der Polizei ist.«

Damit gab Arsenius zu, daß er mich durchschaut hatte. Er sagte es offen. Meine Güte, was mußte dieser Mann sich sicher fühlen.

»Wie soll ich das verstehen?«

Arsenius legte seinen Kopf leicht schief. »Wissen Sie das nicht? Geisterjäger John Sinclair . . .«

»Kenne ich nicht.«

»Tun Sie nicht so. Sie haben sich in dieses Zuchthaus schmuggeln lassen, aber Sie stehen auf verlorenem Posten, denn Sie, Sinclair, haben sich damit selbst die Falle gestellt. Sie sind in ein Gefängnis gegangen, aus dem Sie nicht mehr herauskommen, höchstens als Toter oder als mein Diener. Denken Sie daran. Sie haben im Kampf gegen die Mächte der Finsternis wenig Fehler begangen, das gebe ich zu, aber dieser hier war der größte . . .«

Arsenius sprach nicht mehr weiter. Er stand auf und ging zur Tür. Davor blieb er noch einmal stehen. »Sie können mich natürlich überwältigen oder es zumindest versuchen, doch es wird Ihnen nicht gelingen, das kann ich Ihnen sagen. Vor der Tür wartet jemand, der mit Ihnen gern ein Wörtchen reden möchte. Ich kann ihm die Gelegenheit dazu geben. Todd ist nämlich scharf auf Sie. Allerdings weiß er nicht, wer Sie wirklich sind, aber er steht hier nicht allein. Er hat andere Wärter gegen Sie aufgewiegelt, denn er haßt Doppelmörder. Das ist die eine Seite. Die andere Seite bin ich, und die ist noch gefährlicher für Sie. Auch ich habe meine Freunde . . .«

»Das weiß ich gut«, fiel ich ihm ins Wort. »Aber Ihr Vampir, der in London auftauchte, lebt nicht mehr. Ebenso ist es mit dem Werwolf. Beide sind erledigt.«

»Verluste kalkuliere ich ein. Ich kann sie verkraften, wenn Sie sich vor Augen halten, welch ein Material sich hier im Zuchthaus befindet. Vorbereitet ist alles. Ich brauche nur noch zuzuschlagen, und das geschieht in der nächsten Nacht.« Noch einmal lächelte er, dann drehte er sich um, öffnete die Tür und ging.

Ich schaute ihm nach. Dabei konnte ich einen Blick nach draußen werfen. Zur Sicherung standen drei Aufpasser im Gang. Unter ihnen erkannte ich Todd.

Arsenius hatte mir einige Wahrheiten präsentiert, die nicht so einfach zu verkraften waren. Wenn jemand der große Herr und Meister in diesem Zuchthaus war, dann er. Er konnte mit Menschen spielen, sie manipulieren, und er konnte auch dafür sorgen, daß sie freikamen. Was war das für eine Freiheit?

Ich hatte es selbst erlebt. Als Vampir oder Werwolf liefen die Menschen herum, Geschöpfe der Nacht, denn Arsenius spielte seine schwarzmagischen Trümpfe aus.

Schritte entfernten sich von meiner Zelle. Noch hatte er mir Bedenkzeit gegeben. Ich wußte nicht, wie viele Stunden mir noch blieben, doch ich war sicher, daß er mich irgendwann zu sich holen wollte. Deshalb mußte ich die Zeit nutzen. Allein konnte ich jetzt nicht mehr viel unternehmen, ich mußte mein Inkognito lüften und vor allen Dingen die Unterstützung des Direktors einholen.

Ja, das war wichtig.

Es gab eine Klingel in der Zelle. Für Notfälle, hieß es. Ich entschied, daß bei mir ein Notfall vorlag und vergrub den Klingelknopf unter meinem Daumen . . .

*

In den Nächten hatte Thomas Randall schlecht geschlafen. Er wußte genau, daß er sich mit John Sinclair ein Kuckucksei ins Nest gelegt hatte oder eine Zeitbombe, die irgendwann explodieren konnte. Allerdings hatte sich in den letzten Tagen nichts getan, und der Direktor dachte positiv. Er sah dies als ein gutes Omen an.

Tagsüber arbeitete er. Alles lief seinen normalen Gang. Er empfing Gefangene, hörte sich Beschwerden an und bearbeitete Akten, doch seine Gedanken waren woanders.

Oft stand er am Fenster, hatte die Hände auf dem Rükken verschränkt und starrte nach draußen, wo die weite Fläche des unberührten Moors lag. Eine Landschaft, die deprimierte. Er konnte ihr nichts Reizvolles abgewinnen, im Gegensatz zu manchen Naturfanatikern.

Als an diesem Tag das Telefon läutete, da stand er abermals am Fenster und drehte sich seufzend um. Der Anruf kam aus dem Haus, und er rechnete mit dem Besuch eines Gefangenen, der sich wieder einmal beschweren wollte.

»Ja.«

»Arsenius hier.«

Randall lachte. »Sie sind es. Ein Glück.«

»Hatten Sie jemand anderen erwartet?«

»Ja, eigentlich schon. Beschwerdetag, wissen Sie.«

»Na ja, ich werde Sie so gut es geht unterstützen und Ihnen die großen Probleme vom Hals schaffen. Kann ich Sie vielleicht mal besuchen, Mr. Randall?«

»Natürlich. Wann?«

»Sofort wäre mir am liebsten. Natürlich nur, falls es sich einrichten läßt.«

»Aber sicher. Kommen Sie. Ich bin sogar froh, wenn mich jemand von den Akten wegreißt.«

»Dann werde ich in wenigen Minuten bei Ihnen sein.« Arsenius legte auf.

Der Zuchthausdirektor ließ sich auf seinem Stuhl zurücksinken. Er atmete ein paarmal tief ein und war der Ansicht, daß er einen Whisky verdient hatte. Arsenius trank nichts, das wußte er. Deshalb beeilte er sich, das Glas zu leeren, bevor der Psychologe eintraf. Es machte einen schlechten Eindruck, wenn der Direktor Alkohol auf dem Schreibtisch stehen hatte.

Zwei Minuten später meldete sein Sekretär die Ankunft des Psychologen. »Ja, schicken Sie ihn bitte zu mir.«

Arsenius kam. Er sah aus wie immer. Schmächtig, fast

unscheinbar, und doch überkam den Direktor ein seltsames Gefühl, als er diesen Mann vor sich sah. Das Gefühl beherrschte ihn nicht erst seit heute, sondern schon seit längerer Zeit. Irgendwie war ihm der kleine Mensch dort unheimlich.

»Setzen Sie sich doch«, sagte Randall. Seine Stimme klang belegt. Darüber ärgerte er sich selbst. Er hoffte nur, daß der andere von seiner Unsicherheit nichts bemerkte.

»Ja, danke.« Ein wenig schwerfällig ließ sich der Psychologe auf den Stuhl fallen.

Alles nur Täuschung, dachte Randall. Tatsächlich ist dieser Mann verdammt aufgeweckt, und er war ihm, dem Direktor, auch überlegen, da machte sich Randall nichts vor.

»Was kann ich für Sie tun, Mr. Arsenius?«

»Nun, wenn ich zu Ihnen komme, geht es zumeist um einen Gefangenen.«

Randall nickte. »Das weiß ich.«

»So ist es auch diesmal. Ich muß mit Ihnen über einen Mann reden, der erst einige Tage bei uns einsitzt. John Sinclair.«

Alarmglocken schrillten im Kopf des Zuchthausdirektors. Der Mann hatte Mühe, seine Überraschung zu verbergen, und er hoffte stark, daß sein Gegenüber davon nichts mitbekam. »Ja, ich kenne Sinclair. Ein Doppelmörder.«

Arsenius lächelte mit seinen farblosen Lippen. »Da bin ich mir, ehrlich gesagt, nicht so sicher.«

»Ist er unschuldig?«

»Das glaube ich.«

»Und wieso? Hat er Ihnen das gesagt?«

»Nein. Er hat auch nicht von seiner Schuld gesprochen, aber ich glaube, daß er nicht der ist, für den er sich ausgibt.«

Randall tat erstaunt. Er wußte den Blick des anderen

auf sich gerichtet und versuchte, Überraschung in seine Mimik mit hineinzulegen, wobei er hoffte, daß der andere ihm dies auch abnahm. »Er ist nicht John Sinclair?«

»Das schon, aber ich glaube nicht an den Doppelmord. Der Mann ist unschuldig, denn im Normalfall sind Polizisten keine Mörder.«

»Jetzt verstehe ich gar nichts mehr.«

»Es ist doch einfach. Sinclair hat sich in dieses Zuchthaus eingeschmuggelt, und Sie werden davon gewußt haben.«

Noch immer blieb der Mann bei seiner Lüge. »Nein, wie sollte ich? Der Mann hat die richtigen Papiere. Ich habe das Urteil als Kopie zugeschickt bekommen . . .«

»So etwas kann man fälschen, Sir!« Die Antwort des Psychologen klang spöttisch.

Randall beugte sich vor. »Sie unterstellen der Institution Justiz eine Ungeheuerlichkeit«, bemerkte er scharf. »Das muß einmal gesagt werden.«

»Blasen Sie sich nicht auf«, erklärte Arsenius kalt. »Das Spiel, das hier läuft, haben Sie mit eingefädelt. Nur haben Sie einen Fehler gemacht, denn das Spiel geht gegen mich, und das wird Ihnen zum Verhängnis werden.«

»Was . . .!« Randall wollte sich aufregen, den Mann hinauswerfen, doch Arsenius stand plötzlich auf und schaute ihn nur an. Der Wutanfall des Direktors verrauchte. Zwar stand er noch, aber er mußte sich an der Schreibtischkante festklammern, um nicht nach hinten zu kippen. Sein Gesicht zuckte, und er schaute nur in die Augen des Hellsehers, die plötzlich ihren Ausdruck gewechselt hatten und sehr zwingend blicken konnten. So zwingend, daß sich Randall nicht von ihnen lösen konnte und in ihren Bann geriet.

»Setzten Sie sich«, befahl Arsenius leise.

Der Direktor gehorchte. Plötzlich besaß er keinen eigenen Willen mehr. Er war dem anderen untertan, und Arsenius konnte mit ihm machen, was er wollte.

»Ja, das ist gut, mein Lieber. Es ist Ihr Platz, genau Ihr Platz.« Arsenius kam näher, während er sprach. Und er ließ seinen Blick nicht von den Augen des Mannes, wobei Randall immer mehr zusammenzuschrumpfen schien.

Vor dem Schreibtisch blieb der Hellseher stehen. Er beugte sich vor und stützte seine Hände auf die Platte. Dabei senkte er den Kopf. Sein Blick vergrub sich in das Augenpaar des anderen, als wollte er bis in die Seele des Mannes schauen.

»Sie tun genau, was ich ihnen sage, Randall. Verstanden?«

»Ja«, kam es tonlos zurück.

»Gut, dann werde ich einige Fragen stellen. »Wer ist John Sinclair?«

»Ein Gefangener.«

»Das stimmt. Aber wer ist er wirklich?«

»Ein Polizist.«

Arsenius lächelte. Endlich hatte er den Mann so weit, wie er ihn haben wollte. »Gut, ein Polizist. Ich freue mich, daß du es zugegeben hast. Du hast also geholfen, ihn einzuschmuggeln.«

»Ja.«

»Und weiter?«

»Er sollte das Verschwinden der Gefangenen aufklären.«

»Hat er schon etwas geschafft?«

»Nein«, hauchte Randall. »Ich habe in den letzten Tagen nicht mehr mit ihm gesprochen. Er hat sich auch nicht gemeldet.«

Arsenius war zufrieden. Er wußte, daß Randall die Wahrheit gesprochen hatte, denn unter Hypnose log niemand, das stand fest. »Welche Informationen besitzt er?«

»Das weiß ich nicht.«

»Du hast ihm doch welche gegeben?«

»Nein, nie . . .«

Dann hat er sie mit auf den Weg bekommen, dachte Arsenius und hielt seinen Blick unverwandt auf Randall gerichtet. Wie eine Statue hockte der Direktor auf dem Stuhl. Er rührte sich nicht. Kalkig war sein Gesicht, auf der Haut lag ein dünner Schweißfilm, die Augen standen offen, und doch sah er nichts.

»Wie soll es weitergehen mit Sinclair?« wollte der Hellseher wissen.

»Ich habe keine Ahnung«, lautete die schwache Antwort. »Es existiert kein Plan. Sinclair will sich mit mir in Verbindung setzen, falls es etwas Neues gibt.«

»Das hat er nicht getan?«

»Nein.«

Arsenius überlegte. Seine Gedanken drehten sich dabei um Mord. Er hatte lange genug gewartet, denn heute wollte er das Zuchthaus in seine Gewalt bringen. Dabei würde er Hilfe von draußen bekommen. In einer Höhle im Moor lauerten sieben seiner Helfer. Fünf Vampire und zwei Werwölfe. Die Blutsauger schliefen tagsüber in den Särgen. Sobald die Dunkelheit über das Land fiel, würden sie die Totenkisten verlassen, zum Zuchthaus kommen, um sich mit denen zu verbünden, die Arsenius zu seinen Diener gemacht hatte.

Denn auch innerhalb des Komplexes lauerten die Bestien. Und nur er wußte, wo . . .

Stand ihm der Direktor bei seinen Plänen nicht im Wege? Er schaute sich den Mann an. Der Direktor war Wachs in seinen Händen, er konnte mit ihm machen, was er wollte. Er dachte auch daran, ihn in eine Bestie zu verwandeln, kam jedoch davon ab. Es gab eine einfachere, glattere Lösung.

Arsenius griff in seine Tasche und förderte ein Kartenspiel hervor. Er mischte die Karten, und seine Hände bewegten sich dabei ungemein schnell. Auch die Karten wirbelten, er ließ sie von einer Handfläche in die andere fallen und drückte sie dann wieder zu einem Päckchen zusammen, das er vor dem Direktor auf die Schreibtischplatte legte.

Thomas Randall hatte die Mischerei zwar gesehen, doch sie interessierte ihn nicht. Dieser Vorgang ging spurlos an ihm vorüber, und erst als Arsenius ihn ansprach, wurde er aufmerksam.

»Sieh dir die Karten an!«

Randall senkte den Kopf.

Arsenius streckte seine Hand vor, berührte mit zwei Fingerkuppen den Kartenstapel und fächerte ihn gedankenschnell auseinander, so daß die Karten jetzt in einer Reihe vor dem Zuchthausdirektor lagen.

»Nimm eine Karte! Wenn es das Kreuzas ist, bedeutet das den Tod für dich!«

Randall bewegte den Kopf. Sein Arm bewegte sich, wie an der Schnur gezogen, vor, und die Finger der rechten Hand näherten sich dem Kartenstapel.

»Eine Karte!« zischte Arsenius, »nur eine!«

Im Zimmer war es still. Auch aus dem Nebenraum drang kein Laut durch die schalldichte Tür.

Randall griff zu. Mit einem Ruck zog er die von ihm erfaßte Karte unter dem Stapel weg. Noch behielt er sie verdeckt in seiner Hand.

»Dreh sie um!«

Der Direktor zögerte, und Arsenius mußte seine Aufforderung wiederholen. Da war irgendeine Sperre in der Psyche des Direktors, die jedoch mit dem zweiten Befehl überwunden wurde.

Randall drehte die Hand mit der Karte. Das Blatt lag jetzt oben.

Es war das Kreuzas!

Niemand erschrak. Arsenius hatte es gewußt und

steckte gelassen die anderen Karten ein. Er behielt die Hand in der Tasche und holte statt dessen einen anderen Gegenstand hervor.

Es war ein Messer mit einer langen dünnen Klinge, die mehr einer Stricknadel glich, allerdings wesentlich härter war als diese.

Das dünne Messer besaß einen schmalen Holzgriff, um den Arsenius seine Hand geklammert hatte. Dann hob er langsam seinen Arm und rammte ihn blitzschnell nach unten.

Er traf genau.

Die Spitze hieb in die Mitte der Karte. Im Kreuzas blieb sie stecken. Der Griff des Messers zitterte noch ein wenig nach. Arsenius schaute ihn so lange an, bis er zur Ruhe kam. Danach wandte er sich wieder an den Direktor.

»Nimm das Messer!«

Randall gehorchte automatisch. Er brauchte sich nicht einmal weit vorzubeugen, sondern nur den Arm auszustrecken, um den Griff zu umklammern.

»Jetzt zieh es aus der Karte!«

Auch das tat Randall.

Als wären die Lippen des Hellsehers aus Gummi, so verzogen sie sich plötzlich zu einem breiten Lächeln, während er flüsterte: »Und nun stoße dir die Klinge ins Herz!«

Es war kein Selbstmord, sondern Mord! Arsenius beherrschte den anderen, hatte ihn zu einer willenlosen Marionette gemacht, die alles tat, was er wollte.

Randall gehorchte. Er hielt die Klinge noch fest und drehte sie, so daß die Spitze auf seine Brust wies. Für einen Moment zögerte er, bis Arsenius schrie: »Jetzt!«

Randall rammte seinen Arm nach vorn. Die Klinge verschwand dort in seiner Brust, wo auch das Herz schlug.

Zuerst geschah nichts. Doch als die Klinge sich immer tiefer senkte, da zuckte Randall zusammen, und ein leises Stöhnen drang aus seinem Mund. Die Kraft verließ seinen Körper. Er saß zwar noch auf dem Stuhl, doch er konnte sich nicht mehr halten und kippte zur Seite weg, wobei er Glück hatte, daß ihn die Lehne hielt, sonst wäre er zu Boden gefallen. Die Hand löste sich vom Griff der Klinge, der Arm rutschte zur Seite und blieb jenseits der Lehne, wobei er nach unten baumelte und die Hand hin und her pendelte.

Thomas Randall war tot, daran gab es nichts zu rütteln, und niemand würde ihn ins Leben zurückrufen.

Arsenius atmete tief durch. Er rieb seine Hände. Dieses Hindernis war aus dem Weg geräumt, jetzt gehörte das Zuchthaus ihm. Er dachte kurz an den Mann im Vorzimmer, während er das schmale Messer aus der Brust des Mannes zog.

Kein Blut blieb zurück, und der Hellseher steckte die Waffe wieder ein. Dieser Typ im Vorzimmer war eine lächerliche Figur. Er bestand aus Angst, mehr nicht.

Arsenius ging zur Tür. Er öffnete sie vorsichtig. Sie war schwer, denn sie bestand aus zwei Teilen.

Der Sekretär telefonierte. Er bemerkte Arsenius nicht. Erst als der Hellseher dicht neben dem Schreibtisch stehenblieb, schaute der Mann auf und zuckte zusammen, da er sich erschreckt hatte. Den Hörer behielt er aber in der Hand.

»Ist Direktor Randall jetzt frei?« erkundigte er sich, wobei er seine Hand über die Sprechmuschel legte.

»Ja.«

»Da möchte jemand mit ihm reden.«

»Wer ist es denn?« fragte Arsenius.

»Sinclair!«

Zuerst rührte sich der Hellseher nicht. Er stand nur da, seine Augen leuchteten, dann holte er tief Luft, und wieder zog ein Lächeln seine Lippen in die Breite.

Sinclair wollte mit dem Direktor sprechen. Herrlich,

wie das zusammenpaßte. Die Sterne standen an diesem Tage besonders günstig. Arsenius entwickelte innerhalb von Sekundenschnelle einen Plan. Dann sagte er zu dem Sekretär: »Lassen Sie ihn noch eine Viertelstunde warten, dann kann er kommen.«

»Natürlich, Sir.«

*

Auf mein Klingeln hin war ein Wärter gekommen und hatte sich erkundigt. Daß ich zum Direktor wollte, schien ihn nicht besonders zu beeindrucken, er hob nur die Schultern und versprach mir, alles in die Wege zu leiten.

Ich mußte warten.

Es verging Zeit.

Normalerweise hätte mir dies nichts ausgemacht, denn ich hatte mich daran gewöhnt, Zeit zu haben, aber jetzt sah die Sache anders aus. Da wollte ich etwas forcieren, herangehen, und ich wurde langsam nervös.

Zehn Minuten waren vergangen. An der Tür lauschte ich. Noch keine Schritte zu hören. Sie würden mich abholen, das war sicher, und ich setzte mich wieder auf das Bett, um abzuwarten.

Dann hörte ich etwas. Die Schuhsohlen der Aufpasser waren mit Nägeln versehen, die deshalb dieses harte »Tack Tack« auf dem Boden und hallenden Echos von den Wänden.

Vor unserer Tür blieben die beiden stehen. Wieder hörte ich das mir schon sehr bekannte Geräusch des Schlüsseldrehens, dann wurde die Tür aufgestoßen, und zwei Aufpasser standen auf der Schwelle.

»Mitkommen!«

»Zum Direktor?« fragte ich und erhob mich vom Bettrand.

»Denkst du ins Freudenhaus?«

»Man wird ja mal fragen dürfen.«

»Werde nur nicht frech, Killer!«

Aha, dachte ich. Das ist die Sprache von Todd. Er hatte also seine Kollegen gegen mich aufgewiegelt. Sehr flink gemacht, das alles. Ich bekam von allen Seiten Zunder.

Die beiden traten zur Seite, so daß ich zwischen ihnen hindurchgehen konnte. Auf dem Gang mußte ich warten, die Zellentür blieb offen. Sie nahmen mich in die Mitte, und gemeinsam gingen wir dorthin, wo auch der Verwaltungstrakt lag.

Die Wärter sprachen nicht. Wenn ich zu den Seiten schielte, dann sah ich nur die Blicke, die sie mir zuwarfen, und die verhießen nichts Gutes.

Todd mußte sie aufgehetzt haben, daran gab es für mich keinen Zweifel. Nach dem Gespräch mit dem Direktor würde es anders aussehen, das schwor ich mir.

Wir passierten mehrere Türen. Es waren meist starke Gitter, die zur Seite schwangen, wenn einer der Wärter aufschloß. Auch elektronische Kontrollen gab es. Ich sah an manchen Stellen die gläsernen Augen der Kameras.

Endlich erreichten wir den Verwaltungstrakt mit dem Büro des Direktors. Wieder schritt ich über den Gang. Die Wärter öffneten die Bürotür ohne anzuklopfen. Gemeinsam durchquerten wir das Vorzimmer. Die zweite Tür war nicht geschlossen. Ich konnte in das Büro des Zuchthauschefs hineinschauen.

Randall saß hinter dem Schreibtisch.

Mehr sah ich nicht und war auch noch arglos, als ich das Zimmer betrat. Erst nach drei Schritten wurde ich mißtrauisch, da mir die seltsam steife Haltung des Direktors auffiel und auch das sehr blasse Gesicht.

Da war etwas faul! Zu spät kam die Warnung, denn der Gegner hatte im toten Winkel hinter der offenen Tür gelauert. Und ich hörte die zischende Stimme von Todd, dem Oberaufseher.

»Wenn du dich rührst, Sinclair, dann jage ich dir den Schädel voll Blei!«

*

Es war eine perfekte Falle, und ich war hineingetappt. Blind und blauäugig.

Daß Todd eine Waffe in der Hand hielt, glaubte ich ihm gern. Und auch die beiden anderen Wächter griffen unter ihre Uniformjacken und holten Pistolen hervor. Die Mündungen richteten sie auf mich, so daß ich mich im Zentrum des Kreuzfeuers befand.

Ich konnte nichts tun!

Langsam hob ich die Hände. Die Männer schwiegen. Ich schaute in entschlossene Gesichter, hörte Schritte hinter mir und spürte die Gänsehaut, die über meinen Rücken rieselte. Ich ahnte, wer mir die Falle gestellt hatte. Und gleich darauf bekam ich die Bestätigung.

Arsenius erschien!

Er blieb in respektabler Entfernung vor mir stehen und lächelte mich an.

Verdammt, für dieses Grinsen hätte ich ihm liebend gern meine Faust ins Gesicht geschlagen, aber ein Angriff wäre Selbstmord gewesen. So riß ich mich zusammen.

»Doppelmörder Sinclair«, sagte Arsenius leise. »Das stimmt nicht mehr. Ich muß jetzt sagen, Dreifachmörder John Sinclair, vielleicht schon Massenmörder . . .«

Ich schüttelte den Kopf. »Sie wissen genau, daß ich den Direktor nicht umgebracht habe. Ich hätte gar keinen Grund gehabt. Dieser Mord geht auf Ihr Konto.

Hinter mir begann Todd hart zu lachen. »Du Schwein willst dich noch herausreden. Das habe ich mir gedacht. Aber das läuft nicht, nein, das ist nicht drin!«

»Lassen Sie ihn, Todd. Ich verstehe ihn sogar. Er will

immer den anderen etwas in die Schuhe schieben, so war es schon bei der Verhandlung, aber hier glaubt ihm keiner. Er hat mir bei seinem ersten Gespräch schon angedroht, daß er etwas unternehmen will. Nun ja, er hat es früher in die Tat umgesetzt, als ich dachte. War vielleicht auch mein Fehler.«

»Und dafür machen wir ihn fertig!« sagte Todd.

»Sie nicht. Ich werde ihn mir vornehmen«, erklärte Arsenius leise, jedoch bestimmt. »Denn für mich als Psychologen ist es interessant, was im Schädel eines dreifachen Killers so vor sich geht. Ich werde gleich mit ihm ein langes Gespräch haben, und auf den Ausgang dieses Gesprächs kommt es an. Es ist möglich, daß ich Ihnen den Killer danach überlasse, Todd!«

»Das wäre gut.«

»Darf ich dann um die Handschellen bitten«, sagte Arsenius. »Normalerweise sitzen die Gefangenen nicht gefesselt in meinem Büro. Bei dir, Sinclair, ist es etwas anderes.« Klar, er mußte sichergehen, daß ich ihm nicht entwischte. Einer der Wärter holte zwei Paar Fesseln hervor, die stählernen Achten klirrten aneinander, als er sie schwang.

Gut reagierte auch Todd. Er bewegte sich vor, und ich spürte den Druck der Mündung in meinem Nacken. Der Lauf zitterte ein wenig. Diese Bewegung ging von Todd aus, ein Zeichen, wie sehr er unter Spannung stand.

Ich hütete mich, auch nur eine falsche Bewegung zu machen und streckte meine Arme freiwillig vor.

Die stählernen Reifen klackten zu. Aber das war nicht alles. Der Typ vor mir besaß noch ein zweites Paar. Auf seinen Lippen lag ein süffisantes Grinsen, als er sich bückte, die Beine näher zusammenschob und die stählernen Ringe um meine Knöchel schloß. Aus seinem Mund drang ein tiefes Grunzen. Er freute sich, mich so eingeengt zu haben.

Ich konnte mich noch bewegen, aber nur zollweise. Ein großer Schritt war nicht mehr möglich.

Der Druck in meinem Nacken verschwand. Einen in Hand- und Fußfesseln gebundenen John Sinclair brauchte niemand mehr zu fürchten.

»Die Schlüssel!« verlangte Arsenius.

Der Wärter zuckte zusammen. »Wieso?«

»Ich will sie haben.«

Der Mann warf Todd einen knappen Blick zu. Der kannte inzwischen die Spielregeln und nickte.

Arsenius bekam beide Schlüssel ausgehändigt. Ich konnte sehen, wie er sie in seiner Reverstasche verschwinden ließ und mich, den Gefesselten, dabei spöttisch angrinste.

»Auf geht's, Geisterjäger«, sagte er und lachte hämisch. »Wir beide werden uns gleich in aller Ruhe unterhalten. Und eins schwöre ich dir, Sinclair. Das Gespräch wirst du nie im Leben vergessen. Darauf kannst du Gift nehmen!«

Ich glaubte es ihm aufs Wort.

*

Erst als Suko Taniths Schrei und das Fauchen hörte, wurde er aufmerksam. Er warf sich zur Seite, schaffte es auch noch wegzukommen, aber sein Gegner war zu schnell.

Der Werwolf fiel auf den Chinesen. Und sein Gewicht, addiert mit der Aufprallwucht, riß Suko von den Beinen. Er schlug der Länge nach hin, hörte das gräßliche Fauchen, schleuderte die Lampe weg, um beide Hände freizuhaben, und sah dicht vor seinen Augen die häßliche Schnauze der Bestie.

Weit war sie aufgeklappt. Gefährliche Reißzähne leuchteten hell im Schlund des Rachens, Geifer sprühte in Sukos Gesicht, und spitze Krallen rissen über seinen Körper, wobei sie das Hemd des Chinesen zerfetzten.

Es begann ein wilder Kampf. Suko hatte zum Glück noch einen Arm anwinkeln können und ihn zwischen seine Kehle und das Maul des Werwolfs gelegt. Wenn das Tier zubiß, dann mußte es die Zähne in den Stoff der Parkajacke hacken, der einigermaßen stabil war und etwas aushalten konnte.

Der Chinese kämpfte nicht allein für sich, das wußte er genau, denn auch Tanith befand sich in großer Gefahr. Sie war dem Vampir hilflos ausgeliefert, allein würde sie es kaum schaffen, den gefährlichen Blutsauger zu besiegen.

Aber Tanith war auch eine mutige Frau. Sie wußte selbst, daß sie mit Passivität nichts erreichen konnte, wenn sie schon verlor, dann wollte sie sich nicht einfach und ohne Gegenwehr töten lassen.

Mehr als einen Arm hatte der Vampir nicht aus dem zersplitterten Sarg gestreckt. Aber seine bleiche Hand griff mit der Kraft einer stählernen Klammer zu, und sie drückte hart auf den Fußknöchel.

Tanith schaute nach unten.

Dann zuckte ein Gedanke durch ihren Kopf. Wenn sie durch Zerren schon nicht freikam, mußte sie es anders versuchen. Es ging ihr zwar gegen den Strich, doch in diesem Fall heiligte der Zweck wirklich alle Mittel.

Beide Arme brachte die Frau nach unten. Sie umklammerte zuerst das Gelenk des Vampirs und spürte die Kälte, die in der blutsaugenden Bestie steckte.

Tanith tastete sich zu den Fingern vor, die ihre Knöchel umschlossen hielten. Den längsten, den Mittelfinger, bekam sie sofort zu packen. Sie bog ihn mit aller Kraft zurück. Ein Mensch hätte jetzt geschrien, nicht so der Vampir, und auch als sein Knöchel knackte, drang kein Schmerzenslaut aus seinem Mund.

Er hielt mit den restlichen Fingern eisern fest.

Tanith ließ sich nicht entmutigen. In ihrem Rücken hörte sie die Kampfgeräusche, die Suko und die gefährliche Bestie ausstießen, das gab ihr Mut, denn auch der Chinese dachte nicht daran, klein beizugeben. Nein, er und sie würden ihrem Gegner schon zeigen, wo es langging.

Der Werwolf befand sich in einem wahren Blutrausch. Nur hatte er einen Kämpfer gegen sich, der schon ganz andere Bestien erledigt hatte. Ein paarmal war es dem Chinesen bereits gelungen, seinen angewinkelten Ellbogen seitlich gegen den Schädel der Bestie zu schlagen. Harte Treffer, die den Kopf zurückwarfen, und beim letzten Zusammenprall folgte auch der Körper, so daß Suko ein Knie anziehen und es im nächsten Augenblick hochstemmen konnte.

Der Werwolf geriet ein wenig aus der Fassung. Suko sah seine Gestalt nur mehr als Schatten, und durch eine Drehung gelang es ihm, die Bestie auf die Seite zu schleudern.

Zwei Sekunden hatte er Zeit. Gedankenschnell zog er seine Waffe, drehte sich nach links und schoß.

Ein fahler Mündungsblitz zuckte auf. Er stand noch vor der Waffe, als sich die geweihte Silberkugel durch das Fell und in den Körper des Untiers wühlte.

Der Werwolf brüllte schrecklich in seiner Todesnot. Er zuckte, schlug mit den Krallen um sich und konnte doch nichts ändern, denn er verlor den Kampf.

Das geweihte Silber brachte ihm den Tod.

Suko kümmerte sich nicht mehr um ihn, Tanith war wichtiger. Mit einem Satz war Suko auf den Beinen, kreiselte herum und erkannte mit Schrecken, daß sich auch mit den restlichen vier Sägen etwas tat. Von unten her dröhnten Schläge gegen die Deckel, denn auch hier wollten die Vampire ihre Totenkisten verlassen.

Suko nahm sich noch die Zeit und warf einen Blick in die Höhe. Dort hatte der Werwolf gelauert. Viel jedoch war nicht zu erkennen. Der Chinese glaubt nur, die Schatten einiger Stützpfeiler und Querbalken zu sehen sowie etwas Helles, das allerdings im nächsten Augenblick verschwunden war und Suko an ein gefährliches Augenpaar erinnert hatte.

Das Splittern beim ersten Sarg riß ihn herum.

Der Vampir hatte mit seiner Schulter den Deckel aufgedrückt. Halbhoch war er bereits. Sein Gesicht zeigte einen leichenblassen Schein, Augen lagen tief in den Höhlen, den Mund hatte er offen, und ein Arm fuhr von oben nach unten, damit er die Hand in Taniths Haare schlagen konnte.

Suko schoß.

Er hatte diesmal genau gezielt und auch den Kopf des Bluttrinkers getroffen.

Das halbe Gesicht wurde zerstört, als der Vampir nach hinten fiel. Er verschwand aus Sukos Gesichtskreis.

»Tanith, kommen Sie!« Suko war mit einem Schritt bei der Frau und riß sie in die Höhe.

»Ich bin frei!« keuchte sie, und ihre Augen leuchteten. »Sie haben mich nicht geschafft . . .«

»Okay, okay.« Suko nickte. »Wir müssen hier raus.«

»Aber sie . . .«

»Kommen Sie.« Der Chinese achtete nicht mehr auf die Proteste der Wahrsagerin, er zog die Frau kurzerhand mit, und sie erreichten schon sehr bald die schmale Leiter.

Der Inspektor ließ Tanith zuerst die Sprossen hochklettern. Er stellte sich mit dem Rücken zur Leiter auf, hielt die Beretta im Anschlag und wartete auf die restlichen Vampire. Von dieser Stelle aus hatte er eine gute Schußposition, zudem hatte er die Lampe wieder an sich genommen und leuchtete die Särge an.

Er hätte die Kugeln auch in die Totenkisten feuern können, das allerdings erschien ihm zu riskant. Wenn er schoß, dann wollte er auch auf Nummer Sicher gehen.

»Ich bin oben!«

Suko wandte den Kopf. »All right, bleiben Sie . . .«

Er sah den Schatten, aber er konnte nichts mehr tun, so schnell war der andere heran. Suko rechnete mit einem Vampir oder einem Werwolf, er irrte sich.

Was da auf ihn zuflog, war ein Stück Holz oder ein ähnlicher Gegenstand, und er war verdammt gut gezielt, denn das Wurfgeschoß krachte gegen Sukos Schädel.

Im ersten Augenblick hatte er das Gefühl, alle Engel im Himmel singen zu hören. Die Knie wurden ihm weich, vor seinen Augen verschwammen die Umrisse, er bekam Bleigewichte in seine Arme gepreßt, und es war ein Wunder, daß es ihm noch gelang, sich an der Leitersprosse festzuklammern. In dieser hängenden Haltung blieb er, während aus seiner Wunde am Kopf ein dünner Blutfaden sickerte.

Tanith hatte in der Tat am Ende der Leiter gewartet. Ihre Rechnung, daß Suko zu ihr hochkommen würde, ging nicht auf. Der Treffer gegen den Schädel riß Suko zwar nicht von den Beinen, er machte ihn allerdings kampfunfähig.

Das stellte Tanith fest, und sie sah weiterhin, daß sich über den Särgen eine Gestalt mit kalten, gelben Raubtieraugen löste, um nach unten zu klettern.

Die Vampire hatten ebenfalls nicht aufgegeben. Sie waren dabei, ihre Ruhestätten zu verlassen. Mit Gewalt hieben sie gegen die Unterseiten der Deckel, damit sie das Holz zerstören konnten und freie Bahn hatten.

Vier Vampire!

Drei waren schon zu sehen. Und soeben flogen auch die Stücke des vierten Sargdeckels in die Luft.

Das hielt Tanith nicht mehr aus. Wenn sie noch eine

Sekunde zögerte, war Suko verloren.

Sie rutschte die Leiter wieder runter.

Normal gehen konnte sie nicht. Dazu war sie viel zu aufgeregt. Sie verfehlte die Sprossen, trat gegen Sukos Schulter und schrie seinen Namen.

Der Chinese befand sich in einem Zustand zwischen Wachsein und Bewußtlosigkeit. Er pendelte einmal nach rechts und einen Moment später nach links. Suko hörte wohl Taniths Stimme, konnte aber nicht reagieren. Die Nachwirkungen des Schlags waren zu hart gewesen.

»Suko!« Tanith drehte fast durch. Sie schrie, so laut es ging, rüttelte Suko an der Schulter, und er hörte auch. Sein Gesicht war blutbefleckt.

»Wir müssen weg, weg!«

Da sprang der Werwolf. Er war nicht mehr weitergeklettert, sondern hatte sich über die Särge hinweggewuchtet. Jetzt stand er zwischen Suko, Tanith und den Totenkisten.

Tanith war ein Mensch mit außergewöhnlichen Fähigkeiten. Sie konnte kraft ihrer geheimnisvollen Kugel in Reiche schauen, die den Augen eines normalen Menschen verschlossen blieben. Sie hatte auch viel gesehen und entsprechend gut reagiert, aber als sie diese Bestie vor sich stehen sah und erkannte, daß der Werwolf sein Maul aufgerissen und die Zähne gefletscht hatte, da halfen ihr die besonderen Fähigkeiten nicht mehr.

Nur noch Körperkraft!

Aber wie sollte sie je gegen diesen Werwolf gewinnen? Zudem krochen hinter ihr noch vier Vampire aus den Särgen, die ebenfalls das Blut der Frau wollten.

Tanith befand sich in einer selten erlebten Streßsituation, und der Werwolf duckte sich zum Sprung . . .

*

Der Raum paßte in dieses Zuchthaus wie ein Schneeball in die Hölle. Damit hätte ich wirklich nicht gerechnet.

Ein Verlies, wirklich nicht größer, dazu schwarze Wände, auf die rote Augen gemalt waren, die allesamt auf einen bestimmten Punkt in der Mitte des Raumes »starrten«.

Es waren ein Tisch und zwei Stühle.

Der Tisch besaß eine gläserne Platte, die bläulich schimmerte. Sie war ziemlich dick, und in ihr befand sich ein seltsames Licht, das die Platte von innen her beleuchtete. Mir kam es vor, als würden sich Schlieren darin bewegen. Ich mußte ehrlich gestehen, daß ich eine solche Tischplatte noch nie gesehen hatte.

Der Tisch wies eine rechteckige Form auf. An einer Längsseite hockte Arsenius, der Hellseher. Er lächelte süffisant.

Ich saß ihm gegenüber!

Natürlich war ich gefesselt, und ich hatte meinen gebundenen Hände auf den Rand der Tischplatte gelegt. Äußerlich gab ich mich ruhig, innerlich jedoch war ich gespannt und wartete darauf, was Arsenius mit mir vorhatte.

Zunächst tat er nichts. Er saß nur da, genoß seinen Triumph und beobachtete mich. Ein dünner Lampenstrahl fiel von der Decke her schräg in sein Gesicht und beleuchtete nur die untere Hälfte, so daß ich fast nur die Lippen erkennen konnte.

Dieses Lächeln ging mir unter die Haut!

Es war höhnisch, widerlich, wissend und triumphierend zugleich. Ich kam mir vor wie das Kaninchen, das vor einer Schlange sitzt. Trotz der gefesselten Hände war ich nicht bewegungsunfähig. Ich hätte versuchen können, mich über den Tisch zu werfen und Arsenius mit einem Rundschlag von den Beinen zu fegen, doch ich wollte abwarten. Erstens barg ein Angriff ein zu großes

Risiko, und zweitens wollte ich wirklich wissen, was er mit mir vorhatte und vor allen Dingen, wie er es anstellen wollte.

Außerdem war ich nicht waffenlos . . .

Der Hellseher änderte seine steife Haltung, griff unter sein Jackett und holte einen länglichen Gegenstand hervor.

Es war ein sehr schmales Messer, schon mehr eine Nadel. Sie legte er auf seinen flachen Handteller.

»Die Mordwaffe«, flüsterte er. »Mit ihr wurde Randall getötet. Auch für dich, Sinclair, könnte sie tödlich werden, aber ich will mich nicht immer auf diese billigen Methoden verlassen, ich habe noch andere Möglichkeiten, als Trumpf-As der Hölle.«

»Bitte!« forderte ich ihn auf.

Er lehnte sich zurück, und sein Gesicht verschwand für einen Moment aus dem Schein der Lampe. »Mit einer ähnlichen Reaktion habe ich gerechnet, Geisterjäger. Ich kannte dich zwar nicht persönlich, doch ich habe einiges von dir gehört. Asmodis berichtete mir von dir. Er war auch offen genug, um über deine Erfolge zu sprechen, die ich anerkannt hätte, wären die Niederlagen nicht gerade den Schwarzblütlern zugefügt worden. So aber sind wir Todfeinde, und ich hätte mir nie träumen lassen, dich einmal in meine Gewalt zu bekommen.«

»Was wollen Sie?«

Da ruckte er vor. »Deinen Tod, Sinclair!« zischte er. »Deinen verdammten Tod!«

Ich hob die gefesselten Hände. »Bitte, du kannst dich bedienen. Ich bin wehrlos!«

»Nein, so einfach ist das nicht.« Er schüttelte heftig den Kopf. »Ich werde mit dir das gleiche Spielchen durchführen, wie ich es auch mit anderen gemacht habe. Mit meinen heimlichen Dienern, die es draußen und drinnen gibt.«

Endlich war er beim Thema. »Unter den Gefangenen auch?«

»Ja, ich habe durchgesetzt, daß nur ich die Strafzellen kontrolliere. Es war lange kein normaler Gefangener dort. Sie standen leer, doch seit einiger Zeit nicht mehr. Jetzt sind sie besetzt. Zwei Vampire und zwei Werwölfe lauern auf ihre Chance. Und ich, Sinclair, werde sie bald hervorholen, aber dann gehörst du bereits zu ihnen, und es wird das Gerücht in die Welt gesetzt, daß abermals ein Gefangener geflohen ist.«

»Sie wollen mich zu einem Vampir machen?«

»Oder zu einem Werwolf, das kommt darauf an, wie die berühmte Todeskarte fällt.«

Er hatte einen neuen Begriff in die Unterhaltung gebracht. Die Todeskarte. Anfangen konnte ich damit nichts, noch nichts, aber ich ließ Arsenius nicht aus den Augen und bekam mit, wie er in seine Tasche griff und eine übergroße Spielkarte hervorholte.

Nein, Spielkarten sehen anders aus. Das war eine Spezialkarte, und er hielt sie so, daß ich sie genau erkennen konnte. Die Vorderseite wies auf mich.

In der Mitte war die Karte geteilt. Genau in zwei Hälften. Die obere Hälfte zeigte einen Vampir. Der Kopf und ein Teil des Oberkörpers waren zu sehen.

Die untere Hälfte zeigte einen Werwolf. Auch von ihm waren nur der Kopf und ein Teil des Oberkörpers abgebildet.

»Das ist des Rätsels Lösung«, sagte Arsenius mit leiser Stimme. »Mehr brauche ich nicht zu tun.«

»Und die Karte gehorcht Ihnen?«

»Nicht nur, Sinclair. Sie gehorcht auch den Kräften der Hölle, mein Lieber.«

»Dann stammt sie von dort?«

»Ja, der Teufel hat sie gezeichnet. Es ist sein Trumpf-As, das Trumpf-As der Hölle.«

Bisher spürte ich nichts. Klar, die Karte war seltsam, ich hatte noch nie so eine gesehen, aber daß von ihr eine Gefahr ausgehen sollte, konnte ich mir schlecht vorstellen.

»Woran denkst du?« fragte Arsenius.

»An die Karte.«

»Kannst du es nicht erwarten?«

»Fangen Sie an.«

Er hatte noch eine Frage. »Was möchtest du lieber werden: Vampir oder Werwolf?«

»Da ich schon einmal ein Werwolf gewesen bin, wäre jetzt ein Vampir an der Reihe«, erwiderte ich lässig und schaffte es sogar, noch zu lächeln.

»Gut, dann wünsche dir, daß, wenn die Karte liegenbleibt, das Vampirbild auf dich weist.«

»Fang endlich an.« Er stand auf. Ich spannte meinen Körper, aber Arsenius schaltete nur das Licht aus. Trotzdem wurde es nicht dunkel, denn die Augen an den Wänden begannen zu glühen.

Es war ein düsteres, geheimnisvolles Licht, das die Augen abstrahlten und das jeden Winkel des Raumes erreichte.

Ich kam mir vor wie in einem Käfig aus roter, dünner Watte und spürte, daß es mit dem Licht eine besondere Bewandtnis hatte. Es bestand wie alles Licht aus Wellen, aus Schwingungen, die meinen Kopf nicht verschonten und mit der gläsernen Platte des Tisches ebenfalls etwas vorhatten.

Aus den blauen, festgesetzten Schlieren, die ich unter dem Glas deutlich erkennen konnte, wurde eine seltsame Masse, die sich zu bewegen begann. Gleichzeitig wechselte ihre Farbe. Das Blau verschwand völlig. Es wurde von der roten Farbe überdeckt, so daß ich den Eindruck bekam, unter dem Glas würde ein Blutsee existieren.

Ich schüttelte mich und konzentrierte meine Gedanken auf den mir gegenübersitzenden Arsenius, der sein Gesicht zu einem spöttischen Lächeln verzogen hatte.

Ein Blutgesicht, mußte man sagen, denn auch er war von dem roten Schein nicht verschont geblieben.

Ich ebenfalls nicht . . .

Es war zwar nicht schlimm, aber dennoch irgendwie seltsam. Eine eigenartige Unruhe hielt mich gepackt. Ich rutschte auf meinem Stuhl herum, wollte weg und dennoch sitzenbleiben. Mein Kopf war mit einem dumpfen Gefühl gefüllt, und meine Blicke wurden wie magisch von den Händen des Hellsehers angezogen.

»Sieh her, Geisterjäger!« flüsterte er. »Schau genau auf meine Hände. Siehst du die Karte?«

»Ja.«

»Du hattest dich entschieden ein Vampir zu werden«, sagte er. »Ich hoffe, daß ich dir den Wunsch erfüllen kann . . .« Er kicherte hohl und legte die Karte auf die Mitte des gläsernen Tisches. Dort blieb sie so liegen, daß sowohl der Vampir als auch der Werwolf an uns vorbeideuteten.

Arsenius streckte seinen Arm aus, spreizte die Finger, drehte die Hand und ließ sie für die Länge eines Herzschlags über der Karte schweben.

»Noch Fragen?« flüsterte er.

»Nein!«

»Gut.« Er lachte. Dann fiel seine gespreizte Hand nach unten. Die fünf Fingerkuppen blieben auf der Karte liegen. »Jetzt!« zischte er und drehte die Karte blitzschnell herum.

Kaum war sie in Bewegung, als er seine Hand zurücknahm und anfing zu sprechen. »Die Todeskarte«, flüsterte er. »Ihr kann keiner entrinnen, sie schaffte jeden, Sinclair, hörst du?«

»Ja . . .«

Eine andere Antwort bekam er von mir nicht, denn ich schaute auf die Karte, die sich rasend schnell um ihren Mittelpunkt drehte. Auch auf mich übte sie eine Faszination aus, denn wie von einem Magnet angezogen waren meine Blicke, und ich konnte sie einfach nicht mehr von der Karte lösen.

Arsenius hatte in seine Drehung sehr viel Kraft hineingelegt. Und hätte er das Doppelte aufgewendet, die Karte hätte längst schon zur Ruhe kommen müssen. Das geschah nicht, sie drehte sich weiter wie ein Kreisel, und sie zog mich immer stärker in ihren Bann.

Arsenius hockte leicht vornübergebeugt. Seine Hände lagen auf der Kante des gläsernen Tischs, die Fingernägel sahen aus wie mit Blutstropfen übermalt, ebenso das Gesicht.

»Sinclair«, flüsterte ich, »mit dir habe ich etwas anderes vor, als mit meinen anderen Freunden. Nicht alle, die mir gegenübersaßen und auf die sich drehende Todeskarte starrten, hatten dieses Gefühl, wie du es bekommst. Bei ihnen brauchte ich eine nicht so starke Magie einzusetzen, doch bei dir ist es etwas anderes, Geisterjäger. Etwas anderes, hörst du . . .?«

Ich hob den Kopf. Ja, ich hatte ihn verstanden. Seine Stimme hatte sich bei den letzten Worten verändert. Oder kam es mir so vor? Sie war hallend geworden, als würde er weit weg in einem Schacht sitzen und hätte von dort aus zu mir gesprochen.

Ich öffnete die Augen weiter als gewöhnlich, wollte sehen, was geschehen war und ob Arsenius wirklich in einem Schacht saß.

Ja, er war nach hinten gerutscht. Klein, beinahe winzig kam er mir vor, aber sein Lachen schallte mir durch den unheimlichen Trichter entgegen. Ich hatte meine Zweifel, wirklich noch Arsenius gegenüberzusitzen. Der hockte weit vor mir, das war ein Teufel, das war nicht mehr der Hellseher und ich glaubte, Asmodis Fratze zu sehen.

Das Lachen donnerte mir entgegen, als wäre es nur auf mich konzentriert. Ich schloß die Augen und ballte die Hände, während sich die Karte noch immer drehte.

Mein Gott, das Zimmer veränderte sich auch.

Zum Glück hatte ich die Wand angeschaut, da waren nicht mehr die Augen zu sehen, sondern aus einer geheimnisvollen Tiefe schälten sich die Gesichter von schrecklichen Monstern.

Wie im Vorhof der Hölle . . .

Ja, so war es. Ich konnte in den Vorhof der Hölle schauen, in dem ich mich selbst einmal an dem Massen-Galgen befunden hatte und nur mit großer Mühe wieder freikam.

Durch Schwarze Magie hatte sich dieses normale Zimmer in eine wahre Hölle verwandelt.

Und ich war der Mittelpunkt!

Um mich herum begannen die Wände zu tanzen. Arsenius rückte immer weiter von mir weg, die Karte drehte sich schneller, sie bohrte sich regelrecht in den Tisch hinein und formte eine Spirale, die immer mehr in die Tiefe stieß.

Als wären unsichtbare Gegner an mich herangetreten, so spürte ich plötzlich den Druck in meinem Rücken. Ich wurde nach vorn geschoben, und mein Kopf senkte sich dem Tisch entgegen.

Ein Vampir sollte ich werden, ein verdammter Blutsauger!

Das wurde mir in diesen Momenten klar. Und es schnitt wie mit einem scharfen Messer gezogen in mein Bewußtsein.

Nein! Auf keinen Fall. Ich wollte, und ich durfte einfach nicht nachgeben.

Zentnergewichte schienen auf meinen gefesselten

Händen zu liegen. Es bereitete mir Mühe, sie in die Höhe zu wuchten. Ich atmete mit offenem Mund, schnappte dabei nach Luft und merkte genau, daß der äußere Druck sich vervielfältigte.

Arsenius war dabei, seine teuflischen Kräfte noch mehr zu aktivieren. Er hatte den bisher stärksten Gegner vor sich. Ich war nicht so einfach zu besiegen wie die anderen, in meinem Hirn befand sich eine geistige Sperre, die auch durch Schwarze Magie nicht so leicht zu öffnen war.

Hände und Füße waren gefesselt. Und doch konnte ich mich bewegen. Da sich meine Arme vor dem Körper befanden, gelang es mir, sie in die Höhe zu heben.

Das kostete Kraft. Dabei hielt ich den Blick auf die Karte gerichtet, die sich in einem rasenden Wirbel um die eigene Achse drehte, noch immer auf dem Tisch lag und nicht zur Ruhe kam.

Solange sie dich drehte, war ich zwar von anderen Kräften umgeben, aber noch ziemlich frei.

Nutze es aus! schrie eine Stimme in mir. Verdammt, nutze es aus!

In Brusthöhe bekam ich die Hände. Und dort hing mein Kreuz. Wenn ich es bekam und es vielleicht auf die Karte werfen konnte, dann . . .

Nein, es klappte nicht. Ich hätte erst die Jacke aufknöpfen müssen, das nahm zuviel Zeit in Anspruch. Zudem besaßen meine Hände zwar einen Spielraum, aber einen nicht so großen, der nötig gewesen wäre, um an das Kreuz zu gelangen.

Man hatte mich zum Glück nicht durchsucht und auch nicht den Dolch gefunden, den ich ebenfalls neben der Beretta bei mir trug. Jetzt setzte ich meine Hoffnungen auf ihn.

Die gefesselten Arme fielen nach unten. Mit den Handgelenken schlug ich noch gegen die Tischkante und brachte meine beiden Hände auf die linke Seite, wo der Dolch im Gürtel steckte.

Ich mußte dabei meinen Körper verziehen und mich nach rechts drücken, um die Waffe zu erreichen.

Dann hatte ich ihn.

Es war ein gutes Gefühl, als meine Finger den Dolch berührten und ihn aus der weichen Scheide zogen.

»Bald, Geisterjäger!« hörte ich die hallende Stimme des Hellsehers. »Bald ist es soweit. Da wird die Karte ihren rasenden Wirbel beendet haben und zur Ruhe kommen.« Er lachte schrill.

Seine Worte hörte ich wie im Unterbewußtsein, und doch hakten sie sich fest. Den Ansturm der Schwarzen Magie hatte ich zu spüren bekommen. Ob er abgewehrt war oder nicht, konnte ich nicht sagen, für mich war wichtig, die Magie des anderen zu zerstören.

Wie hypnotisiert starrte ich auf die sich noch immer drehende Karte. Mein Atem ging schwer und keuchend, die Augen tränten, die Karte verschwamm, aber ich stellte fest, daß sie sich nicht mehr so schnell drehte wie zuvor.

Sie lief aus. Ich mußte die Arme hochkriegen!

Mit beiden Händen umklammerte ich den Griff meines Silberdolchs. Nur durch ihn kam ich zu meinem Ziel, und als die Bewegungen der Karte langsamer wurden, befanden sich meine Hände etwa in Höhe der Tischkante.

Ich schaute auf ein Blutmeer.

Das jedenfalls war mein Eindruck, während ich den Tisch anstierte und die sich drehende Karte sah. Fast konnte man sie als torkelnd bezeichnen, so langsam war sie geworden, ich erkannte bereits, wann der Werwolf auf mich wies und wann der Vampir.

Wie viele Drehungen würde sie bis zum Ruhepunkt noch hinter sich lassen?

Zwei, drei?

Da, jetzt zitterte sie nur noch! Der Werwolf zeigte auf mich, und ich hatte das Gefühl, daß es so bleiben würde, doch die Karte bekam noch einmal Schwung und bewegte sich um ihre eigene Achse. Das Bild des Vampirs kam mir immer näher, eine bleiche, schreckliche Fratze mit zurückgezogenen Lippen, tief in den Höhlen liegenden Augen und einer lappig wirkenden Haut über den Gesichtsknochen.

Der Vampir, ich würde . . .

Die Karte stoppte.

»Jaaa . . .!« brüllte Arsenius.

Da hob ich in einer gewaltigen Kraftanstrengung meine Arme und hackte mit dem geweihten Silberdolch zu.

Und die Spitze meiner Waffe hieb genau in das widerliche Vampirgesicht.

Im nächsten Augenblick war alles anders!

*

Ein Werwolf und vier Vampire!

Diese Gegner waren für Tanith allein zuviel. Auf Sukos Hilfe konnte sie nicht rechnen. Der Chinese war zwar nicht bewußtlos geworden, doch er befand sich in einem Zustand, der mehr zur Bewußtlosigkeit tendierte als zum Wachsein.

Sie mußte allein fertig werden.

Der Werwolf war am gefährlichsten, denn er stand ihr am nächsten. Eine gräßliche Gestalt, über und über mit Fell bedeckt und einem widerlichen Gesicht. Es wirkte irgendwie flach, als hätte man irgendwann gegen seine lange Schnauze geschlagen und sie eingedrückt. In den gelblich schimmernden Augen sah Tanith die Mordlust. Sie glühte dort wie ein unheimliches Feuer.

In der Sekunde der großen Lebensgefahr wuchs die

Hellseherin über sich selbst hinaus. Sie wunderte sich plötzlich, wie präzise und klar ihre Gedanken arbeiteten, und sie nahm ihre einzige Chance wahr, die ihr noch blieb.

Suko hielt seine mit Silberkugeln geladene Pistole fest, als hätte seine Hand einen Krampf bekommen. Und genau die Waffe benötigte Tanith, um sich wehren zu können.

Wie sie an die Beretta herankam, das wußte sie nicht einmal. Sie reagierte wie ein Automat, riß Suko die Pistole aus der Hand und umklammerte sie mit allen zehn Fingern. Dann brachte sie ihre Arme halbhoch, der Finger fand den Stecher, und in diesem Augenblick, als die Bestie in die Mündung starrte, stieß sie sich ab.

Der Werwolf schien zu ahnen, daß ihm aus dieser Waffe der Tod entgegenfahren konnte, er wuchs gewaltig vor der Wahrsagerin auf, wurde zu einem reißenden Koloß, und Tanith zog den Stecher durch.

Obwohl sie die Beretta beidhändig festhielt, spürte sie den Rückschlag, der die Waffe nach oben brachte, aber die Bestie war ihr so nahe gekommen, daß sie sie nicht verfehlen konnte.

Das geweihte Silbergeschoß hieb in den Körper des Unheimlichen.

Stoppen konnte er seinen Sprung nicht mehr. Obwohl er tödlich getroffen war, wuchtete er gegen Tanith und riß die Frau mit seinem Gewicht von den Beinen.

Tanith schrie auf, einen Schlag bekam Suko noch ab, der ebenfalls zu Boden ging und sich überrollte, bevor er liegenblieb, wie auch Tanith, die an die Erde genagelt wurde, denn die schwere Bestie konnte sie nicht von sich wegstemmen.

Sie stand eine fürchterliche Angst aus, denn sie rechnete damit, daß das Monstrum letzten Endes doch noch zubeißen konnte.

Das Silber war stärker. Es riß dem Unheimlichen die Kraft aus dem Körper und zerstörte ihn auf die Art und Weise, wie Werwölfe immer ums Leben kamen.

Er löste sich auf . . .

Plötzlich spürte Tanith, wie das Fell zwischen ihren Fingern spröde, trocken und brüchig wurde. Sie konnte es so abreißen, und in ihrer Wut tat sie das auch, während ihr Waffenarm eingeklemmt war. Sie dachte an die restlichen Vampire und daran, daß sie den Werwolf von sich stemmen mußte, da wurde ihr geholfen.

Starke Hände packten den sich langsam auflösenden Wolfskörper und schleuderten ihn zur Seite. Suko hatte sich wieder einigermaßen erholt und die Situation sofort erkannt.

»Tanith!« keuchte er.

Die Wahrsagerin riß die Augen weit auf. Sie erkannte das Gesicht über sich mit der blutigen Schramme darin und fühlte auch schon, wie sie hochgezogen wurde. »Reißen Sie sich noch einmal zusammen!«

Wie aus einem tiefen Traum erwachte sie. Er schleuderte sie förmlich zurück in die Realität, und sie nickte heftig.

»Raus hier!«

Suko drängte. Tanith merkte nicht, daß der Chinese ihr die Beretta abnahm und noch ein wenig schwankend vor der Leiter stehenblieb, die Tanith hochkletterte.

Er wollte die Vampire erledigen, die noch übrig gebliebenen waren, doch sie waren nicht mehr zu sehen.

Bis auf Suko war die Höhle leer.

Der Chinese ließ die Waffe sinken. Er schüttelte verwundert den Kopf, ging ein paar Schritte vor, schaute in die Särge und fand sie leer. Aber dahinter sah er etwas.

In der Wand befand sich eine Öffnung. Nicht sehr groß. Ein kriechender Mensch paßte hindurch. Jetzt wußte Suko, welchen Weg seine Gegner genommen hatten, und er glaubte auch, innerhalb des Fluchtunnels Geräusche zu vernehmen.

Suko verfolgte die Vampire nicht. Wäre er allein gewesen, hätte er sich dazu sicherlich entschlossen, aber so mußte er auf Tanith Rücksicht nehmen, sie konnte er auf keinen Fall allein lassen. Suko glaubte auch, daß die Vampire nicht aus der Welt waren. Sie hatten sicherlich ein Ziel, irgendwann würden sie bestimmt wieder dem Chinesen und der Wahrsagerin begegnen.

Die Lampe hatte er aufgehoben. Der Strahl war ziemlich blaß geworden, ein Zeichen, daß die Batterie ihren Geist bald aufgab. Suko wollte auch so schnell wie möglich die Höhle verlassen. Hier hielt ihn nichts mehr.

Er stieg die Leiter hoch und traf Tanith draußen, wo sie tief einatmete.

Die Wahrsagerin machte einen erschöpften, aber glücklichen Eindruck. Der Lebensgefahr war sie im letzten Moment entronnen, obwohl ihre Knie weiterhin zitterten, wie sie ehrlich zugab.

»Das ist menschlich«, sagte Suko. »Wir sind alle keine Maschinen, auch ich hatte Angst.«

»Das glaube ich Ihnen nicht.«

»Doch.« Der Chinese schaute zum bedeckten Himmel hoch, der sich weit über ihnen spannte. »Vielleicht habe ich es gelernt, meine Angst besser unter Konntrolle zu halten, mehr auch nicht. Ein Mensch, der keine Angst hat oder es nicht zugibt, ist entweder dumm oder ein Ignorant.«

»Das haben Sie gut gesagt.«

»Und Sie haben erlebt, wie hart die andere Seite zuschlagen kann. Die Welt der Dämonen ist sehr vielschichtig. Man kann ihnen, wie Sie es tun, durch die Kugel begegnen oder es auf eine Art und Weise machen wie wir. Das bleibt sich gleich.«

»Und die Vampire?«

Suko schaute Tanith an und hob dabei die Schultern. »Ich hätte sie gern erledigt, aber sie sind durch einen Geheimgang geflohen.«

Tanith erschrak. »Dann müssen wir weiterhin mit ihnen rechnen?«

»Ja.«

Die Hellseherin aus Paris hüllte sich enger in ihre Parka-Jacke, als würde sie frieren. Ein wenig komisch war ihr schon zumute, aber sie riß sich zusammen und sagte: »Wenn Sie bei mir bleiben, Suko, ist es nur halb so schlimm.«

Der Chinese winkte ab. »Auch ich bin leicht zu besiegen, das haben Sie ja gesehen.«

»Es war Zufall.« Tanith wollte es nicht anders sehen, sonst hätte sie wieder Angstgefühle bekommen.

Der Chinese schaute sich um. Sein Blick glitt über die Moorlandschaft. Er sah die zahlreichen Hügel, dazwischen das hohe Gras und lenkte seinen Blick in Richtung Zuchthaus.

Der Komplex war nicht zu sehen, doch Suko glaubte, daß er die entscheidende Rolle in dem Fall spielen würde.

Tanith konnte seine Gedanken leicht erraten. »Sie glauben, daß wir die Vampire am Zuchthaus finden?«

»Das wäre der mögliche Schluß.«

»Wieso?«

»Irgendwo gehören sie hin. Ihr Versteck ist von uns entdeckt worden, und sie müssen sich einen anderen Unterschlupf suchen. Wo können sie das besser als bei ihrem Herr und Meister?«

»Ja, das stimmt. Gehen wir zum Zuchthaus?«

»Es wird uns wohl nichts anderes übrigbleiben, wobei ich von gehen nicht einmal sprechen möchte. Nehmen wir lieber den Wagen, das ist bequemer.«

Tanith hatte einen berechtigten Einwand. Sie deutete

zum Himmel und sagte: »Es ist zwar bedeckt, aber hin und wieder kommt ein Sonnenstrahl durch. Was ich über Vampire weiß und gelesen habe, ist, sie können keine Sonne oder Tageslicht vertragen. Wäre es nicht möglich, daß sie sich selbst vernichten?«

»Ich hoffe, Tanith, daß diese Blutsauger zu der alten Gruppe gehören und es tatsächlich so geschieht. Garantieren kann ich allerdings für nichts.

»Gibt es denn noch andere Vampirarten?«

»Ja. Wir nennen sie die modernen. Sie haben sich der Umwelt angepaßt. Sonnen- oder Tageslicht ist zwar nicht gerade das Wahre und schwächt sie leicht, aber sie können danach überleben. Bei Lady X, einem Mitglied der Mordliga, ist das der Fall.«

»Meine Güte, das sind ja trübe Aussichten.«

Suko winkte ab. »Man kann sich auch daran gewöhnen. Es ist nur gut, wenn man es weiß. Kommen sie, wir haben hier schon genug herumgestanden, das Zuchthaus wartet.«

Auch Tanith hatte keine Lust mehr, an dem Fleck stehenzubleiben. Über den Holzpfad schritten sie zurück und wurden schon sehr bald von der Weite der Landschaft verschluckt . . .

*

Ich hatte all meine Kraft und meine aufgestaute Wut in den letzten Angriff gelegt und die Karte genau in der Mitte getroffen. Dabei beugte ich mich vor, ließ den Dolch nicht los, sondern hielt den Griff nach wie vor mit beiden Händen fest.

Arsenius schien zu erstarren. Ein, zwei Sekunden sah ich ihn wie in einer Großaufnahme vor mir. Sein Kopf bewegte sich nicht mehr, ebenso wie die Augen und der Mund, er sah nur auf das Messer und die Karte.

Reichte die Magie aus?

Ja, sie schafft es.

Plötzlich ertönte ein Zischen innerhalb des Tisches. Im gleichen Augenblick züngelten kleine, grünlich aussehende Flammen aus der Karte, und ein dünner Rauchfaden von der gleichen Farbe stieg kräuselnd in Richtung Decke.

Ich blieb so sitzen, atmete schwer und sah, daß auch die unheimlichen Zeichen von den Wänden verschwanden. Die Augen wurden blasser, sie lösten sich auf.

Die Karte verkohlte, aber unter ihr vernahm ich ein hartes Reißen. Es entsteht, wenn Glas zerspringt, und das geschah in diesem Augenblick. Der für Arsenius so wertvolle Tisch bekam plötzlich Risse und Sprünge. Ihr Zentrum hatten sie dort, wo meine Dolchspitze den Tisch berührte. Sternförmig pflanzten sie sich fort und liefen in zittrigen Linien bis hin zu den Rändern.

Nicht nur ich bemerkte dies, auch Arsenius. Sein Blick begann zu flackern. Panik breitete sich in seinen Augen aus, und einen Augenblick später drang ein tierischer Schrei aus seinem weit offenstehenden Mund. Dann jagte er von seinem Stuhl hoch, warf die Arme in die Höhe, und das Gesicht verzerrte sich noch mehr.

Auch mich hielt nichts mehr an meinem Platz. Arsenius hatte noch immer Vorteile. Er konnte zur Tür, Hilfe herbeirufen und mich in eine lebensgefährliche Lage bringen.

Das mußte ich verhindern!

Vielleicht hatte er zu lange gezögert, wahrscheinlich war er auch zu sehr geschockt gewesen, auf jeden Fall ließ ich mir die Gelegenheit nicht entgehen, hob mit den gefesselten Händen den Tisch an und kippte ihn dem Hellseher entgegen.

Damit hatte Arsenius nicht gerechnet. Er war an sich ein schmächtiges Kerlchen, und der Tisch mit der Glasplatte hatte sein Gewicht. Die Kante prallte gegen die Oberschenkel des Mannes, und das Gewicht drückte Arsenius nach hinten.

Er tat gar nichts, mein plötzlicher Angriff hatte ihn irritiert. Ich aber hob den Tisch noch einmal an und wuchtete ihn zu Boden. So hart, daß die Glasplatte in tausend Stücke zersprang.

Freie Bahn.

Es wäre herrlich gewesen, wenn man mich nicht gefesselt hätte. Da jedoch meine Fußknöchel ebenfalls in den stählernen Ringen steckten, konnte ich mich nur hüpfend wie ein Hase voranbewegen.

Arsenius bemerkte die Gefahr, als ich etwa die Hälfte der Strecke hinter mich gebracht hatte. Er zuckte zusammen, drehte den Kopf, sein Blick irrlichterte, und mit einem gewaltigen Satz wollte er an mir vorbeispringen.

Wenn der Hellseher die Tür erreichte, konnte ich einpacken. Dann würde das Spiel von vorn beginnen.

Ich riskierte alles und setzte meine gewaltige Sprungkraft ein. Der Körper schien zu einer Stahlfeder zu werden, als ich ihn nach links wuchtete und dem fliehenden Hellseher in den Weg sprang.

Er schrie während des Laufens auf, seine Augen wurden groß. Er warf sich ebenfalls vor, und fast wäre es ihm auch gelungen, hätte ich meine Finger nicht ausgestreckt gehabt, so daß sie sich um den Stoff seines linken Hosenbeins klammern konnte.

Arsenius wurde umgerissen. Er schlug noch um sich, versuchte an der glatten Wand Halt zu finden, das gelang ihm nicht mehr. Er befand sich in einer schlechteren Position und hieb mit seinem Gesicht gegen die Wand. Ich vernahm das klatschende Geräusch und sah Blut aus seiner Nase fließen, als er zu Boden fiel. Auch mit dem Hinterkopf schlug er auf, wurde aber nicht bewußtlos, sondern wollte sofort wieder hoch.

Ich war inzwischen weitergerobbt, gab mir Schwung, kam auf die Knie, und Arsenius richtete sich gleichzeitig auf.

Ich war schneller.

Vielmehr meine Arme, denn sie befanden sich bereits auf dem Weg. Die gefesselten Hände lagen dicht beeinander, und mit ihnen führte ich den gewaltigen Rundschlag durch, der voll ins Ziel traf.

Vielleicht wäre Arsenius noch härter getroffen worden, hätte ich die Hände freigehabt, so reichte es auch schon. Sein Kopf dröhnte zum zweitenmal gegen die Wand; die Gesichtszüge entglitten ihm und zitterten gleichzeitig, bevor sie erschlafften, und der verbrecherische Hellseher, der mit den Mächten der Hölle zusammenarbeitete, bewußtlos wurde. Er sackte zusammen, als hätte man sämtliche Knochen aus seinem Körper gerissen. Halt fand er nicht mehr.

Das war geschafft!

Fünf Sekunden gönnte ich mir Ruhe. Ich mußte erst einmal wieder zu Atem kommen, denn bei dem letzten Einsatz hatte ich alles gegeben.

Ich blieb in der knienden Haltung, atmete mit offenem Mund und starrte auf Arsenius.

Er lag auf dem Rücken. Arme und Beine gespreizt. An der linken Seite berührten sie die Wand. Seine Augen waren verdreht, die Lippen durch das aus der Nase laufende Blut verschmiert. Ich konnte es deshalb so genau erkennen, weil er von dem Strahl der einzigen Lampe im Raum getroffen wurde.

Zum Glück hatte ich genau achtgegeben, wo er die Schlüssel für meine Handschellen verstaut hatte.

Oben in der Reverstasche.

An sie wollte ich heran.

Ich rutschte ein Stück vor, bis ich mich neben Arsenius befand. Wo seine Brust begann, stoppte ich, beugte mich anschließend nach links und tastete mit den Händen über seinen Körper. Schließlich drehte ich die Finger und brachte vier von ihnen in den schmalen Spalt der Reverstasche.

Da fühlte ich den Schlüssel.

Ich hätte schreien können vor Freude, war plötzlich aufgeregt, und der kleine Schlüssel rutschte mir wieder aus den Fingern. Gewaltsam zwang ich mich zur Ruhe. Ich brauchte ja nicht nur einen, sondern zwei Schlüssel.

Ich fand beide.

Einen legte ich neben mir auf den Boden, den anderen versteckte ich zwischen meine Zähne. Jetzt hoffte ich nur, daß ich auch den passenden erwischt hatte.

Meine Arme zitterten, so aufgeregt war ich. Es bereitete mir Mühe, das winzige Schloß zwischen den Ringen zu finden und den Schlüssel hineinzustecken.

Ja, er paßte. Ich hatte wirklich Glück gehabt. Dann drehte ich die Hände, so weit es eben möglich war, nach links und vernahm das leise Schnacken, als das Schloß geöffnet wurde.

Die Fesseln fielen.

Ich griff nach dem nächsten Schlüssel, setzte mich hin und zog die Beine an, um an die Fußschellen zu gelangen. Es war eine instabile Stellung, doch es ging nicht anders. Vielleicht hätte ich noch warten sollen, so aber überraschte mich der Hellseher mit seiner Aktivität.

Der Schlüssel steckte soeben in der flachen Schloßöffnung, als Arsenius plötzlich in die Höhe schnellte.

Dieser Teufel war doch härter im Nehmen, als ich gedacht hatte. Er war wie ein Blitz auf den Beinen, blieb vielleicht für eine halbe Sekunde stehen, schaute auf mich, sein Gesicht verzerrte sich, und dann verpaßte er mir einen Tritt, der mich umwarf, da ich in dieser dummen Haltung saß.

Als ich mich zur Seite rollte und Arsenius nachschaute, befand er sich bereits an der Tür. Sein Arm hieb nach unten, er fand die Klinke, abgeschlossen war nicht, und er riß die Tür auf.

Meine Hand zuckte zur Beretta. Arsenius wandte mir den Rücken zu. Ich hätte ihn immer getroffen, aber ich brachte es einfach nicht fertig, einem Menschen in den Rücken zu schießen, war er auch noch so ein großer Verbrecher.

Im nächsten Moment war ich frei und schleuderte meine Fesseln von den Füßen.

Als ich auf den Beinen stand, hämmerte Arsenius die Tür zu. Ob er einen Schlüssel besaß, wußte ich nicht, er schloß auf jeden Fall nicht ab, und ich hörte seine hämmernden Schritte, wie sie sich entfernten und leiser wurden.

Ich rannte ihm noch nicht nach, sondern hob erst den Dolch auf und steckte ihn ein.

Dann spurtete ich zur Tür. Kaum hatte ich sie aufgerissen und war über die Schwelle gesprungen, als das geschah, womit ich leider rechnen mußte.

Alarmsirenen jaulten auf.

Jetzt begann die Jagd!

*

Der Bentley parkte noch so, wie Tanith und Suko ihn verlassen hatten. Versteckt unter den Zweigen der dichtbelaubten Bäume. Niemand hatte sich an dem Gefährt zu schaffen gemacht. Die beiden stiegen ein, schnallten sich an, und Suko startete.

Rückwärts fuhr er auf der schmalen Schneise. Die tiefhängenden Zweige kratzten über den Lack wie die gierigen Klauen irgendwelcher Monstren.

Erst beim zweiten Versuch gelang es dem Chinesen, den großen Wagen zu wenden.

Dann ging es besser, und beide atmeten auf, als das graue Band der zum Zuchthaus führenden Straße unter den Rädern hinwegglitt.

Auch Tanith fand wieder zu sich selbst zurück. »Mein Gott, wie muß ich aussehen«, sagte sie und schüttelte den Kopf, während sie nach rechts drängte, um ihr Gesicht im Innenspiegel zu betrachten. »Fast schon wie eine Hexe.«

»Aber eine hübsche«, sagte Suko.

»Oh, Komplimente können sie auch aussprechen?«

»Nur, wenn sie den Tatsachen entsprechen. Die Falschheit liegt mir nicht.«

»Danke.«

Von den vier Vampiren hatten sie nichts gesehen. Suko glaubte trotzdem nicht, daß die Gefahr schon vorbei war. Irgendwie rechnete er noch mit einer gefährlichen Überraschung.

Er fuhr nicht sehr schnell, da er noch etwas von der Gegend sehen wollte. Das Moor interessierte ihn nicht so sehr, dafür die Blutsauger, denn irgendwo mußten sie ja stecken.

Auch Tanith schaute. Da der Bentley zwei Außenspiegel besaß, gelang es ihr, auch die Straße hinter sich im Auge zu behalten. Immer so lange, bis eine Kurve den Blickwinkel verschlechterte.

»Vielleicht hat die Sonne sie tatsächlich aufgelöst«, vermutete die Hellseherin.

»Die Kugel haben wir ja im Kofferraum. Können Sie keine Verbindung zu den Vampiren herstellen?«

Tanith lachte. »Wenn das so einfach wäre. Leider geht es nicht. Unsere Gegner müßten schon irgend etwas besitzen, das eine Verbindung zwischen der Kugel und ihnen herstellt.«

»Schade.«

»Tut mir leid, daß ich Ihnen nicht mehr helfen kann.«

Suko winkte ab. »Sie haben schon genug getan. Wären Sie nicht gewesen, hätte der Werwolf uns beide erwischt.«

»Dafür hatten Sie die Waffe, Suko.«

»Lassen wir das.«

Die nächsten Minuten vergingen schweigend. Von den Vampiren war nichts zu sehen. Mittlerweile kam auch Suko zu der Überzeugung, daß sie sich entweder wieder verkrochen hatten oder durch das Sonnenlicht zu Staub geworden waren.

»Da war etwas!«

Tanith hatte die Worte gesprochen, und Suko reagierte sofort. Sein Fuß verließ das Gaspedal, der Wagen wurde langsamer und hielt schließlich.

Die Wahrsagerin hatte sich auf dem Sitz gedreht und schaute über ihre Schulter. Dabei verzog sie das Gesicht. »Schade, jetzt sehe ich es nicht mehr.«

»Wo war es denn?« Sie deutete nach links. »Dort, zwischen dem Schilf, habe ich die Bewegung gesehen.«

»Ein Vampir?«

Tanith hob die Schultern. »Möglich.«

Suko öffnete die Tür. Er hatte nichts dagegen, daß die Hellseherin an ihrer Seite das gleiche tat. Dann standen beide neben dem Wagen und schauten sich um.

Es war inzwischen hoher Nachmittag geworden. Nur noch eine kurze Spanne bis zum Abend. In diesem Zeitraum geschah fast an jedem Tag des Jahres das gleiche.

Es bildete sich Nebel.

Dünne, weißgraue Dunstschwaden lagen wie blasse, dicke Finger über dem Moor. Mal strich ein leichter Windhauch darüber hinweg, bewegte die Schwaden, trieb sie zusammen, so daß sie wie Tücher aussahen, die durch die Luft flatterten.

»Sieht ja gespenstisch aus«, murmelte Tanith. »Richtiges Vampirwetter.«

»Dazu fehlt noch die Dunkelheit.«

»Aber die Sonne steht nicht am Himmel«, sagte die Frau. »Bestimmt leben die Blutsauger noch.«

Suko erwiderte nichts. Er ging ein Stück weiter und blieb dort stehen, wo drei verkrüppelte Bäume dicht nebeneinanderstanden und mit ihren Ästen ein Netzwerk bildeten, das ineinander verflochten war.

Er wollte schon auf einen der Bäume klettern, als er zwischen zwei Stämmen eine Bewegung sah.

Sofort sprang Suko zurück.

Der Vampir kam!

Welch ein Monstrum! Nur mehr ein Schatten seiner selbst. Halb zerfault, vom Licht zerfressen, konnte er sich kaum noch auf den Beinen halten.

Er hatte seine Arme ausgestreckt. Das Fleisch hatte eine graubraune Farbe angenommen, und fiel langsam von den Knochen. Als murmelgroße Brocken und Staub rieselte es zu Boden. Noch konnte Suko das Gesicht des anderen erkennen. Eine schreckliche Fratze, zerschlagen, aufgelöst und an der rechten Seite völlig verdorrt. Eine graue Zunge hing aus dem Mund. Ächzende Laute drangen dem Chinesen entgegen, der bei diesem Blutsauger nicht mehr einzugreifen brauchte. Der Vampir war erledigt. Er hatte nicht einmal mehr die Kraft, seine Beine zu heben und die letzte Distanz zu überwinden.

Noch zwischen den Baumstämmen stehend, knickte er zusammen und fiel der Länge nach hin.

Suko schaute auf seinen Rücken, und er fragte sich, ob überhaupt noch etwas von ihm vorhanden war, denn die Gefängniskleidung des Blutsaugers war eingedrückt und zeigte sogar kleine Vertiefungen, weil sie von innen her durch nichts mehr gehalten wurde.

Der Vampir war erledigt!

Blieben noch drei.

Suko hatte sich den Weg gemerkt. Der Blutsauger war

aus dem Sumpf gekommen. Sicherlich steckten die anderen ebenfalls dort. Da er nicht sicher war, wollte er nachschauen.

Als er hinter sich einen schluchzenden Laut hörte, drehte er sich um. Tanith stand da und hatte ihre Handballen gegen die Lippen gepreßt, wobei sie noch den Kopf schüttelte.

»Was haben Sie?« erkundigte sich der Chinese.

»Es . . . es war verdammt schlimm! keuchte die Frau. Sie schüttelte den Kopf. »Ich . . . ich muß mich erst einmal an das alles hier gewöhnen«, fügte sie leise hinzu.

»Das kann ich gut verstehen. Deshalb bleiben Sie am besten hier, während ich mich nach den anderen umschaue.«

»Wo wollen Sie denn hin?«

Suko deutete nach vorn.

»In den Sumpf?«

Der Inspektor lächelte. »Es bleibt mir keine andere Wahl. Wir müssen die drei finden.«

»Aber das ist gefährlich.«

Sukos Lächeln fiel optimistisch aus. »Es ist nicht das erste Mal, daß ich einen Sumpf betrete. Ich habe da wirklich meine Erfahrungen, glauben Sie mir.«

»Wenn Sie meinen . . .«

»Am besten ist es, wenn Sie sich in den Wagen einschließen«, schlug der Chinese vor. »Da sind Sie vor den Bestien relativ sicher.«

»Ja, natürlich.« Tanith drehte sich um und verschwand. Suko wartete, bis sie die Tür zugeschlagen hatte und machte sich danach auf den Weg.

Hinter den Bäumen fiel das Gelände zunächst ein wenig ab. Es war auch fest genug und ziemlich trocken. Suko brauchte keine Angst zu haben, daß ihn der Boden verschlang.

Er konnte erkennen, wo der Blutsauger hergegangen

war. Seine Fußabdrücke zeichneten sich noch wie ein kleines Muster ab. Er hatte Schwierigkeiten mit seiner Fortbewegung gehabt, daran zu erkennen, wie unregelmäßig die Spur verlief.

Nach wenigen Schritten erreichte Suko eine Wand aus Schilf. Sehr hoch wuchs sie nicht, sie reichte dem Chinesen nicht einmal bis zu den Knien. Er konnte darüber hinwegschauen, und da es still war, trug ihm der leichte Wind das Geräusch von zerplatzenden Sumpfblasen zu.

Entweder drangen die Geräusche hinter dem Schilfgürtel hervor oder dazwischen.

Suko mußte ihn umrunden, wenn er Klarheit haben wollte. Er ging sehr vorsichtig weiter. Fast wie ein Seiltänzer, wobei er es schaffte, den Boden und auch gleichzeitig die Straße ein wenig im Blickfeld zu behalten.

An manchen Stellen sank er bis über die Knöchel ein, aber er wollte sich nicht beschweren und kam gut voran.

Auch den Schilfgürtel passierte er. Danach begann eine weite Fläche. Sie war mit bräunlichem Sumpfgras bewachsen, und darüber hatten sich Wolken von Insekten gesammelt.

Links von Suko lag das Wasserloch.

Er sah, wie von Grund aufsteigende Gasblasen an der Oberfläche zerplatzten und das Wasserloch von grauweißen, durchsichtigen Dunststreifen umweht wurde.

Aber er sah noch mehr. Eine Hand.

Halbverfault und gespenstisch ragte sie aus dem Wasserloch. Die Finger bewegten sich dabei, sie krümmten sich zusammen, bogen sich wieder gerade, und bei jeder Bewegung fiel braunes, schon trockenes Fleisch von den Knochen.

Ein Vampir verging . . .

Ein schauriges Bild, das Suko präsentiert bekam. Er schaute zu, wie die Hand immer tiefer sank und schließlich völlig verschwunden war.

Der Sumpf hatte den verfaulten Vampir gefressen.

Und die anderen? Waren sie ebenfalls in diesem Loch untergegangen? Suko wußte es nicht, aber er bekam die Bestätigung, daß es nicht so sein konnte, denn von der Straße her gellte Taniths verzweifelter Schrei auf . . .

*

Plötzlich waren sie da. Wie Wesen aus einer anderen Dimension oder aus dem Nichts.

Die aparte Französin hatte im Wagen gesessen und gelauscht. Ein Fenster war nicht ganz geschlossen, etwa eine Handbreit hatte sie es an der Beifahrerseite nach unten gefahren. Sie wollte wenigstens hören, was draußen vor sich ging. Da die Türen verriegelt waren, glaubte sie, vor Gefahren ziemlich sicher zu sein.

Noch immer mußte sie an das schreckliche Bild denken, das der Vampir gezeigt hatte, als er verfaulte. Es war für Tanith furchtbar gewesen, obwohl sie wußte, daß es schlimme Dinge in der Welt als auch in den anderen Dimensionen gab. Aber Wissen und das Selbsterleben sind zwei Paar Schuhe. Sie ahnte auch, in welche Fälle das Sinclair-Team verwickelt wurde und konnte ihre Anerkennung nicht verbergen. Es war allerhand, was die Freunde um John Sinclair leisteten. Irgendwie fühlte sie sich ebenfalls dazugehörig.

Die Vampire überraschten Tanith, da sie sich zu sehr ihren eigenen Gedanken hingegeben hatte.

Der Schlag gegen die Tür schreckte sie auf. Es war die Fahrertür gewesen, nicht die an ihrer Seite, aber sie schnellte hoch und sah die schaurige Gestalt, wie sie am rechten Vorderrad stand und sich an der Motorhaube festklammern wollte.

Sonnenlicht hatte den Vampir gezeichnet. Tanith wußte nicht, woher er die Kraft nahm, sich auf den Beinen zu halten, vielleicht war es die Gier nach frischem Blut, die ihn nicht in die Knie zwang. Und vor ihm saß, nur durch eine Scheibe getrennt, ein Opfer.

Der Wiedergänger streckte seine Arme aus. Er wollte die Scheibe berühren, es reichte nicht mehr. Die Kraft verließ ihn, und er fiel quer über die Haube, wobei er sein Gesicht zum Fenster hin drehte und unter unsäglichen Mühen den Kopf hob.

Tanith sah das Gesicht dicht vor sich.

Es war eine grauenhafte Fratze. Widerlich anzusehen, sich bereits in der Auflösung befindend, und dort, wo die Haut verschwunden war, schimmerten die Knochen durch.

Die einzelnen Teile zeigten eine weißlich gelbe Farbe, und auch sie wirkten so, als würden sie jeden Augenblick zusammenfallen. Der Vampir röchelte.

Tanith konnte die schrecklichen Laute hören. Durch die geöffnete Scheibe drangen sie an ihre Ohren. Noch nie hatte sie solche Geräusche gehört. Sie schnitten ihr unter die Haut, machten ihr allerdings auch klar, daß der Blutsauger nicht mehr lange zu leben hatte.

Er starb qualvoll . . .

Von Sekunde zu Sekunde zerfiel er immer weiter. Staub blieb auf der Kühlerhaube des Silbergrauen liegen, wurde vom Wind erfaßt und weggeweht.

Tanith wagte nicht, sich zu rühren. Wie zu Stein erstarrt, hockte sie auf dem Beifahrersitz, hatte die Knie angezogen und suchte nach einer Waffe, mit der sie sich verteidigen konnte.

Es gab keine, denn Suko hatte seine Beretta mitgenommen. Er war davon ausgegangen, die Frau in Sicherheit zu wissen.

Den Schatten an der Seite bemerkte sie, als es bereits zu spät war. Als Taniths Kopf nach links ruckte, da sah sie den zweiten Vampir direkt neben dem Wagen.

Auch er wirkte mitgenommen, ausgelaugt, vom Sonnenlicht angegriffen, aber nicht so stark verformt wie die anderen Blutsauger. Bei ihm fehlte nur ein Teil des Kinns, wobei die blanken Knochen dicht unter der lappigen Unterlippe begannen.

Wie auch bei den anderen Vampiren war seine Kleidung ebenfalls naß und verschmutzt. Dreckspuren klebten auf dem Stoff als braune Streifen.

Das alles war für Tanith nebensächlich. Sie hatte sich sogar an das Aussehen gewöhnt. Als schlimm und schrecklich jedoch empfand sie die Haltung des Blutsaugers, denn er hatte bereits die rechte Hand durch den Fensterspalt geschoben und setzte seine gesamte Kraft ein, um die Scheibe nach unten zu drücken.

Das Gelenk lag auf dem Rahmen. Die Hand selbst war angewinkelt und stach ins Innere des Bentley, wobei sich die Finger bewegten, als wollten sie nach dem Haar der Frau greifen.

In ihrer Panik tat Tanith nichts. Sie hätte die Scheibe nach oben fahren lassen können, doch sie dachte nicht daran, den entsprechenden Kontakt zu betätigen.

Tanith sah nur den Vampir! Ein schlimmes Monstrum, dessen Augen sich in den Höhlen bewegten. Sein Mund stand weit offen, und die Wahrsagerin erkannte deutlich die beiden scharfen Zähne im Oberkiefer.

Sie schüttelte sich, als sie sich vorstellte, daß sich diese Zähne an ihrem Hals festbeißen wollten. Diese Vorstellung war so schlimm, daß sich all ihre Angst in einem gellenden Schrei entlud, der durch die spaltbreit geöffnete Fensterscheibe nach draußen drang und von Suko gehört wurde.

Der Chinese hatte sich beeilt. Er war mit gewaltigen Schritten durch den Sumpf gelaufen, hatte aber die Vorsicht nie vergessen. Suko war auf dem Weg geblieben, den er auch gekommen war.

Mit einem letzten Satz sprang er auf die Straße, wandte sich sofort nach rechts und sah mit einem Blick, was los war.

Als wäre er gegen die Karosserie geklebt worden, so nahe hing der Zombie am Fahrzeug. Und zwar an der linken Seite, wo der Beifahrer seinen Platz fand.

Suko erkannte erst im Näherkommen, daß sich Tanith innerhalb des Wagens befand und jetzt auf den anderen Sitz kroch.

Der Chinese zog seine Dämonenpeitsche. Er schlug gedankenschnell einen Kreis, und die drei Riemen fielen aus der Öffnung. Freie Bahn.

Im Laufen holte Suko aus. Er wollte dem Blutsauger die drei Riemen über den Rücken dreschen. Der Vampir hörte ihn kommen und drehte sich mit torkelnden Bewegungen um, wobei er noch die Hand aus dem Spalt zog.

Da trafen ihn die Riemen!

In diesen Augenblick war das klatschende Geräusch des Aufpralls Musik in den Ohren des Chinesen. Der Blutsauger taumelte zurück, doch irgendwie gelang ihm, seine Hand noch hochzubekommen. Mit dem letzten Rest an Kraft konnte er fünf Finger um den Außenspiegel klammern und sich so in der Senkrechten halten.

Er blieb stehen, und Suko, der die Peitsche zum zweitenmal erhoben hatte, brauchte nicht mehr zuzuschlagen. Ein Hieb hatte völlig ausgereicht und den Blutsauger kurz vor seinem endgültigen Aus noch schwer gezeichnet.

Die aus der Haut des Dämons Nyrana gefertigten Riemen waren beim Schlag auseinandergefächert. Und sie hatten an drei Stellen des Körpers ihre langen Wunden hinterlassen. Scharfe Einschnitte, die dem geschwächten Vampir den Rest gaben.

Er brüllte seine Schmerzen hinaus, und die Schreie schallten schaurig über das Moor.

Dann fiel er nach hinten.

Staub rieselte aus seiner Kleidung. Die Haut löste sich immer mehr ab. Aus ihr wurde ein Staubregen, der sich der Straße entgegensenkte. Dann gaben die Beine des Vampirs nach. Er klammerte seine Hand noch an den Spiegel, bis sie dicht über dem Gelenk abriß.

Suko verzog den Mund, als er das Bild sah. Er brauchte die Hand jedoch nicht zu lösen. Sie verging von allein. Zurück blieb von ihr der gleiche braune Staub wie von dem übrigen Teil des Körpers.

Diese Gefangenen waren schon lange Vampire gewesen, sonst hätten sie nicht zu Staub werden können.

Fehlte noch einer.

»Der letzte ist an der anderen Seite!«

Diese Information bekam der Chinese von Tanith. Sie hockte im Wagen und hatte ihr Gesicht fast an die Innenseite der Scheibe gepreßt. Suko sah das Grauen in den Augen der Wahrsagerin und winkte beruhigend ab. Sie brauchte sich nicht mehr zu fürchten.

Den letzten Vampir fand der Chinese an der Fahrerseite auf dem Boden liegend. Suko konnte die Dämonenpeitsche wieder einstecken. Das Tageslicht hatte für seinen endgültigen Tod gesorgt. Mit dem Fuß schob er die Reste des Vampirs zur Seite. Es waren mit Staub gefüllte Kleidungsstücke. Dann stieg er ein.

»Mein Gott!« entfuhr es Tanuth. »Ich hätte nicht gedacht, daß dies noch mal gutgeht.«

Suko hob die Schultern. »Seien Sie froh, daß die Vampire nicht ihre normalen Kräfte besessen haben. Dann wären Sie nicht so glimpflich davongekommen.«

»Hätten sie die Scheiben einschlagen können?«

»Was glauben Sie, Tanith? Das sind untote Wesen, Geschöpfe der Hölle. Ihre Kräfte können Sie mit denen eines Menschen auf keinen Fall vergleichen.«

»Wenn Sie das sagen . . .«

»Verlassen Sie sich darauf, meine Liebe.« Suko griff zum Zündschlüssel und startete.

Willig sprang der Motor an. Suko ließ den Bentley vorrollen. Bis zum Zuchthaus hatten sie es nicht mehr weit, und er dachte auch darüber nach, daß Arsenius jetzt Diener weniger hatte. Suko hatte gewissermaßen seine eiserne Vampir-Reserve vernichtet. Es tat gut, dies zu wissen.

Die Straße wand sich weiter durch die flache Landschaft. Im Grau einer allmählich hereinbrechenden Dämmerung wirkte sie noch trostloser und auch deprimierend.

»Hier möchte ich nicht begraben sein«, bemerkte Tanith und schüttelte sich.

»Fragen Sie mich mal.«

Mittlerweile konnten sie den Zuchthauskomplex schon erkennen. Immer wenn sie aus einer Kurve herauskamen, tauchte er vor ihnen auf. Ein häßliches Gebäude, ein Klotz, ein alter Kasten, der auch durch die nicht weit entfernt wachsenden Eichenwälder keinen positiveren Touch bekam. Wer hier einsaß, war hinter den wuchtigen Mauern lebendig begraben. Vor dem Zuchthaus gab es einen Parkplatz. Rechts und links des großen Eisentores schimmerten weiße Parkstreifen auf den grauen Betonflächen. Einige Wagen standen dort. Wahrscheinlich die Privatautos der Angestellten.

»Wie wollen Sie reinkommen?« fragte Tanith.

»Ich könnte ja sagen, durch das Tor, aber ich bin erstens Polizeibeamter, und zweitens kennt der Direktor meinen Namen. Er ist als einziger eingeweiht worden.« »Na dann.«

Die Straße hörte vor dem Zuchthaus auf. Suko bog von ihr auf den linken Parkplatz ab, als plötzlich die Alarmsirenen aufjaulten. Sofort stoppte er.

Beide – Tanith und Suko – wurden leichenblaß . . .

*

Alarmsirenen!

Etwas Schaurigeres kann ich mir kaum vorstellen. Auch wenn ich von irgendwelchen Sirenen weiter entfernt bin, läuft mir jedesmal ein Schauer über den Rükken, wenn ich sie höre.

Aber hier befand ich mich im Zentrum.

Die heulenden Laute schienen von überall her zu kommen. Sie gellten durch die Flure, erzeugten ein nervenzerfetzendes schauriges Echo und schnitten wie mit Messern durch meinen Schädel, während ich geduckt den Gang entlangrannte, an dessen Ende sich eine Tür befand, durch die Arsenius verschwunden war.

Es lag auf der Hand, wie er reagieren würde.

Erst einmal würde er alle Schuld auf mich schieben. Und man würde ihm glauben, schließlich gehörte er zum Zuchthauspersonal, während ich ein dreifacher »Mörder« war.

Man würde mich hetzen!

Und ich glaubte daran, daß sie es diesmal nicht bei den Schlagstöcken allein beließen, sondern es mit Waffengewalt versuchten. Automatische Gewehre, Maschinenpistolen oder Revolver besaß jede Zuchthausbesatzung.

Zum Glück befanden sich die meisten Gefangenen außerhalb des Komplexes. Aber die wenigen, die sich innerhalb der Mauern aufhielten, würden Terror genug machen oder vielleicht von den Wächtern in die Zellen getrieben werden. Es war typisch, daß ich mir darüber Gedanken machte, ebenso dachte ich an etwas anderes.

Arsenius hatte voller Stolz erklärt, daß sich auch im Zuchthaus seine Diener befanden.

Zwei Werwölfe und zwei Vampire.

Wenn mich nicht alles täuschte und ich die Worte richtig behalten hatte, dann hockten sie in den Einzelzellen.

Wo sie lagen, wußte ich nicht, aber ich würde es herausfinden, das stand fest.

Vor der Tür stoppte ich. Erstens wollte ich nicht wie ein Berserker in den dahinterliegenden Gang stürmen, außerdem löste ich einen nur nachlässig genähten Rand innerhalb meiner Jacke. Dort hatte ich meinen Ausweis verborgen. Diesmal brauchte ich ihn dringend.

Dann zog ich die Tür auf.

Obwohl die Sirenen weiterhin jaulten, vernahm ich die schreienden Stimmen des Zuchthauspersonals. Da die Gänge kahl waren, hallten auch die Stimmen so sehr.

Ich befand mich im Verwaltungstrakt. Als ich durch den Türspalt in den Gang schaute, sah ich, wie vor mir eine Tür aufgeschlagen wurde. Zwei Wärter stürmten in den Gang, ihre Gewehre hielten sie schußbereit in den Händen.

Das konnte heiter werden.

Ich dachte einen Moment nach. Irgend jemand mußte jetzt die Leitung übernommen haben. Wahrscheinlich Todd. Möglicherweise gab es auch eine Einsatzzentrale in diesem verdammten Bau.

Aber wo gab es die?

Fernsehkameras waren installiert worden. Also mußte es die entsprechenden Gegenstücke, die Monitore, geben. Unwillkürlich schaute ich zur Decke. Hier befanden sich keine Kameras.

Entschlossen drückte ich mich durch den Türspalt. Die Beretta hielt ich schußbereit. Und ich würde eine Antwort auf meine Frage bekommen, das schwor ich mir.

Mit dem Fuß trat ich die nächste Tür auf. Ein Mann drehte mir den Rücken zu und telefonierte. Bevor er sich noch wundern konnte, war ich bei ihm, drückte mit der freien Hand auf die Gabel und preßte ihm die Waffenmündung gegen die Wange.

»Ganz ruhig!« zischte ich durch die Zähne, »dann passiert Ihnen nichts.«

Im gleichen Augenblick verstummten die Sirenen. Dadurch hörte ich die Lautsprecherstimmen nur noch deutlicher. Man jagte mich jetzt mit aller Konsequenz. Und eine Stimme tat sich besonders hervor. Es war Todd, der seine Leute einteilte.

»Ihr sucht mich«, sagte ich zu dem Uniformierten, »und ich habe nichts zu verlieren. Verstanden?«

»Du hast keine Chance, Mann!« Es war ein älterer Wärter mit schon grauem Haar, der mir dies sagte. Eigentlich tat mir der Mann leid, aber ich mußte meine Rolle weiterspielen.

»Ob ich eine Chance habe, das bleibt mir überlassen. Von dir will ich nur, daß du mich in die Zentrale führst, wo ich euren lieben Todd finden kann. Oder nein, hol ihn her!«

»Ich . . .«

»Mach schon.« Ich drückte härter zu.

»Okay, Meister. Aber ich sage Ihnen noch einmal . . .«

»Ja, ja . . .«

Der Mann beugte sich vor. Ich trat zwei Schritte zurück und baute mich so auf, daß ich sowohl den Wächter als auch die Tür im Auge behalten konnte. Lange würde ich keine Zeit haben. Ich hoffte nur, daß Todd nicht durchdrehte und Schießbefehl gab.

»Sage ihm, er soll allein dieses Zimmer betreten, sonst sind Sie ein toter Mann. Ich habe nichts mehr zu verlieren.«

»Ist das Leben nichts?«

»Hinter Gittern?« Ich lachte auf und spielte wieder den harten Zuchthäusler. »Nein, nein, ich muß hier raus, obwohl ich erst drei Tage einsitze.«

Der alte Wächter hob nur seine Schultern. Dann telefonierte er. Seine Finger zitterten doch, als er die Nummer wählte. Verbindung bekam er schnell. Als an der anderen Seite abgehoben wurde, sagte er nur: »Gib mir Todd, schnell!«

Es verging Zeit. Sie konnte von Arsenius ausgenutzt werden. Sicherlich jagte er durch den Komplex, um seine verfluchten Blutsauger mobil zu machen.

Am Zucken des Gesichts erkannte ich, daß der Wärter Kontakt bekommen hatte. »Mr. Todd, er ist hier!«

Der Oberaufseher schrie das »Wer ist da?« so laut, daß ich es sogar verstehen konnte.

Bevor der Wächter eine Antwort geben konnte, war ich bei ihm und nahm den Hörer an mich. Mit der anderen Hand hielt ich die Waffe gegen seine Wange. »Ich bin hier, Todd. Und ich habe eine Geisel, hören Sie? Eine Geisel!«

»Klar höre ich. Aber denke nur nicht, daß dir das etwas nutzt. Wir machen dich fertig, wir räuchern dich aus . . .«

»Ich schieße immer schneller!«

Todd schwieg. »Was willst du? Raus?«

»Nein, nur eins. Kommen Sie hoch. Sie allein!«

»Ich?«

»Ja, verdammt. Kommen Sie, beeilen Sie sich! Ich habe nicht viel Geduld!« Damit legte ich den Hörer auf. Jetzt war ich gespannt, ob meine Rechnung aufging. Todd war ein sturer Kerl, ein Prinzipienmensch, aber ich hoffte, ihn richtig eingeschätzt zu haben. Er war der Typ, der sich nichts gefallen ließ und immer ranging an die Probleme. Ich hoffe, daß er auch hier so handeln würde.

Der ältere Wächter schaute mich erstaunt an. Er begriff überhaupt nicht mehr. Wahrscheinlich waren all seine Vorstellungen von Geiseln und Geiselnahmen über den Haufen geworfen worden. Und seine Augen wurden noch größer, als ich in die Tasche griff, meinen Ausweis hervorholte und ihn dem Wärter zeigte.

Er las.

»Das gibt es nicht«, flüsterte er nach einer Weile, wobei seine Knie zitterten. »Sie . . . Sie sind . . . das ist ein Irrtum, eine Fälschung.«

»Nein, der Ausweis ist echt. Ich habe einen Sonderjob hier zu erledigen, deshalb.«

»Aber was?«

»Es geht gegen Arsenius.«

»Den Psychologen?«

»Genau den. Aber ein so guter Psychologe ist er gar nicht«, erwiderte ich. »Wir müssen achtgeben, daß er nicht dazu kommt, durchzudrehen, denn dann ist hier wirklich die Hölle los.«

»Aber Sie . . . wieso . . .«

»Später, Mister.« Ich legte einen Finger auf die Lippen, weil ich Schritte gehört hatte.

»Ich bin da!« Das war Todd, der da sprach. Seine Stimme troff vor Selbstbewußtsein, denn Angst hatte er nicht. Die Gegenseite hatte ja auch die besseren Karten. Ich allein konnte keine Revolte beginnen, das wußte auch Todd.

»Kommen Sie herein!« rief ich.

Todd kam. Nicht hastig, aber auch nicht ängstlich. Völlig normal. Er zeigte, aus welch einem Holz er geschnitzt war. Und er hatte keine Waffe, das sah ich sofort.

Breitbeinig blieb er vor der Tür stehen. Sein Blick war lauernd, auch voller Kälte.

»Schließen Sie die Tür!«

Todd kam dem Befehl nach. Als er sich umdrehte und sein Blick die Geisel traf, runzelte er die Stirn, da er merkte, daß hier irgend etwas nicht stimmte.

So benahm sich keine Geisel!

»Was ist denn hier los?«

Ich warf ihn meinen Ausweis zu, den er gedankenschnell auffing. »Lesen Sie! Das ist keine Fälschung, sondern ein amtliches Dokument, das mir Weisungsbefugnis gibt.«

Er schaute mich verdutzt an, bevor er seinen Blick senkte und den vom Innenminister persönlich ausgestellten Ausweis durchlas. Dieser Minister war auch sein Chef, vielleicht machte das noch mehr Eindruck auf ihn.

»Stimmt das?« fragte er nach einer Weile und hob den Kopf.

»Er ist echt.«

»Verdammt, dann hat man mich reingelegt.« Todd schüttelte den Kopf. Die Adern unter seiner Haut am Hals zuckten. »Aber wer hat den Direktor getötet?«

»Der Mann, um den sich alles dreht«, erwiderte ich und nahm meinen Ausweis an mich.

»Und wer ist es?«

»Arsenius!«

Da lachte Todd. »Dieser schmächtige Typ, der nicht einmal eine Fliege umbringen kann?«

»Eine Fliege nicht, aber Menschen. Arsenius ist ein Teufel, und er hat Ihnen hier eine Zeitbombe ins Nest gelegt. Aber blasen Sie zuerst den Alarm ab!«

Das tat Todd.

Ich bat um eine Zigarette und zündete mir das Stäbchen an. Dann hockte ich mich mit Todd zusammen und besprach einige Einzelheiten. Vor allen Dingen interessierte mich die Lage der Strafzellen.

»Da müssen wir quer durch das Zuchthaus.«

»Haben Sie einen Plan?«

»Ja, ich hole ihn.«

»Nein, nein, lassen Sie mal. Wir müssen nur dafür sorgen, daß alle Gefangenen in ihren Zellen bleiben.«

»Das tun sie.«

»Und die von den Außenstellen dürfen vorerst nicht wieder zurück, bevor die Gefahr nicht gebannt ist. Wir haben zwei Vampire und zwei Werwölfe gegen uns.«

»Zwei – was?«

Ich wiederholte.

Todd schaute mich an, als hielte er mich für geisteskrank. Klar, er glaubte mir nicht, verständlich, und er sagte: »Diese Vampire oder Werwölfe sehe ich mir an. Sie werden mich nicht daran hindern, Mr. Sinclair.«

Ich hob die Schultern. »Meinetwegen. Aber jetzt erst den Plan, damit ich weiß, wo die Einzelzellen liegen.«

Todd lachte. »Da ich mitgehe, brauchen wir den nicht. Das war vorhin kein Scherz, Mr. Sinclair. Ich gehe mit.«

Was blieb mir anderes übrig, ich stimmte zu.

*

Die heulenden Alarmsirenen waren die reinste Musik in den Ohren des Hellsehers. Und sie munterten ihn auch auf, nachdem es diesem Hund Sinclair tatsächlich gelungen war, ihn zu überlisten. Die Todeskarte hatte bei ihm nicht gestochen!

Und dabei war sich Arsenius so sicher gewesen. Er hatte Sinclair in seiner Hand gehabt, er war Wachs zwischen seinen Fingern gewesen, und zum erstenmal ahnte Arsenius, daß der Teufel ihn nicht umsonst vor dem Geisterjäger gewarnt hatte.

Aber jetzt wurde er erschossen!

Mit Aufrührern und Rebellen machte man im Zuchthaus kurzen Prozeß. Vor allen Dingen, wenn es Einzelgänger waren. Das hatte Arsenius mehr als einmal erlebt, sie hatten keine Chance. Sinclair würde es ebenso ergehen. Bis sie seine wahre Identität festgestellt hatten, war er ein toter Mann.

Es machte sich bezahlt, daß sich der Hellseher sehr gut innerhalb des Zuchthauses auskannte. Er brauchte nicht die normalen Gänge zu nehmen, um zu den Strafzellen zu gelangen. Arsenius kürzte ab. Und er hatte sich entschlossen, mit offenen Karten zu spielen. Er brauchte keinen Gefangenen mehr auf verschlungenen Wegen zur Flucht zu verhelfen, diese Zeiten waren vorbei.

Innerlich triumphierte und lachte er. Die Vampire und Werwölfe kamen frei. Sie würden sich über die Opfer stürzen, die keine Chance hatten, den mord- und blutgierigen Gestalten zu entgehen.

Heftig atmete er ein und aus. Er keuchte. Sein Kopf schmerzte. Sinclair hatte ihn verdammt hart getroffen, aber es war ihm nicht gelungen, ihn für lange Zeit auszuschalten. Er hatte nicht damit gerechnet, welche Energien in dem Hellseher steckten, dessen Triebfeder einzig und allein der Haß war.

Seine Schritte warfen ein hohl klingendes Echo von den Wänden zurück, als er die Metallstufen einer Treppe hinunterschritt. Mit einer Hand hielt er sich an dem Geländer fest. Er näherte sich einem Komplex, der von den anderen abgetrennt worden war.

Hier befanden sich die Einzelzellen!

Eine stabile, ganz aus Eisen gefertigte Tür versperrte seinen weiteren Weg. Nur wenige Menschen innerhalb des Zuchthauses besaßen für diese Tür einen Schlüssel.

Arsenius gehörte zu den Glücklichen, da man ihm das große Vertrauen schenkte.

Er holte den Schlüssel aus der Tasche und schob ihn in das schmale Schloß. Dreimal mußte er ihn drehen, dann hatte er die Tür endlich offen.

Er zog sie auf, hörte das Quietschen und roch die muffige Luft, die ihm aus dem Gang entgegenströmte.

Es war die finsterste Ecke des Zuchthauses. Wer hier landete, der kam sich lebendig begraben vor. Er war ein Ausgestoßener, ein Ausgeschlossener.

Rohe, unverputzte Wände, über die die Lichtleitungen wie schwarze Schlangen liefen.

Arsenius fand den Schalter. Durch kleine Gitter geschützte Glühbirnen leuchteten auf. Ihr Lichtschein fiel auch auf die stabilen Holztüren an der linken Seite des Ganges.

Das waren die Zellen.

Eigentlich nur mehr Löcher, der Begriff Zellen war nicht richtig. Dort lebte man nicht, man vegetierte.

Fünf gab es.

Vier waren belegt.

Vor der ersten blieb Arsenius stehen. Die Schlüssel klimperten in seiner Hand. Der Hellseher machte sich nicht erst die Mühe, durch das Guckloch zu schauen, er schloß sofort auf.

Die stabile Bohlentür schwang ihm entgegen. Das Licht vom Gang fiel in das Verlies, dessen Wände aus rohen Steinen bestanden. In der Ecke kauerte eine Gestalt. Als sie das Licht sah, zog sie sich noch mehr zusammen und deckte ihren Schädel mit dem angewinkelten Arm ab. Dabei öffnete sie den Mund; zwei lange Zähne waren zu sehen, so daß Arsenius den Vampir erkannte.

Geduckt blieb er stehen. »Komm!« flüsterte er. »Komm, mein Kleiner, du bist frei!«

Der Vampir hatte die Worte gehört, aber er wollte nicht so recht. Das Licht schreckte ihn. Aus der Ecke drang ein schreckliches Stöhnen. Arsenius mußte sich konzentrieren, um aus dem Stöhnen Worte herauszufiltern.

»Zu hell . . . zu hell . . .«

Ja, das war der Fehler seiner Bestien. Sie waren Geschöpfe der Nacht und konnten das Licht des Tages nicht vertragen. Zwar brannte nur das Licht im Gang, aber auch das wollten die Blutsauger nicht. Er brauchte die Dunkelheit.

Arsenius rammte die Tür wieder zu und öffnete die nächste. Auch hier hockte der Vampir, das gleiche Bild, er wollte die Dunkelheit abwarten.

Die Werwölfe waren ebenfalls noch vorhanden. Als Bestien hockten sie auf dem Zellenboden. Es waren keine normalen Werwölfe, die sich nur bei Vollmond in diese Geschöpfe verwandelten. Wenn die Todeskarte auf einen Menschen gezeigt und ihre Kräfte ausgespielt hatte, dann blieb das verwandelte Opfer auch ein Monster.

Die Bestien hatten sich zusammengeduckt. Sie bewegten ihre Mäuler. Wie von unsichtbaren Fäden gezogen, klappten sie auf und zu, und zwischen den Reißzähnen erschien der gelbweiß schimmernde Geifer.

»Frei!« flüsterte Arsenius.»Ihr beide seid frei!« Er rieb sich die Hände. »Kommt.«

Die Werwölfe starrten ihn an. Ihre kalten Raubtieraugen schienen in der Luft zu schweben, weil der übrige Körper fast völlig mit der Düsternis in der Zelle verschmolz.

»Wollt ihr nicht?«

Da bewegte sich das erste Tier. Mit einem gewaltigen Satz sprang es nach vorn, so daß Arsenius erschreckt zur Seite wich, um nicht getroffen zu werden. Bis in den Gang war die Bestie gesprungen, wo sie sich aufrichtete und knurrend stehenblieb. Dabei schüttelte sie den Kopf, und das Fell sträubte sich.

Arsenius lächelte. Genauso hatte er es haben wollen. Er ging hin und streichelte das Fell.

Die Bestie tat ihm nichts.

Auch das zweite Monstrum verließ seine Zelle. Er schüttelte den Kopf, öffnete sein Maul, wobei ein drohendes Knurren hervordrang. Mit den Pranken schlug es gegen die Mauer, wobei seine scharfen Krallen am Gestein entlangschabten.

Arsenius war fast zufrieden. Nur die beiden Vampire gefielen ihm nicht, weil sie noch in ihren Zellen hockten, und dagegen hatte er etwas. Auch sie sollten endlich frei sein, damit sie sich ihre Opfer holen konnten.

Und sie kamen, als Arsenius eine gute Idee hatte und das Licht ausschaltete.

Schattenhaft sah er ihre Gestalten. Hörte das Keuchen, das die Stille durchbrach, und erst jetzt fiel Arsenius die Ruhe auf. Man hatte die Alarmanlagen abgestellt.

Was konnte das bedeuten?

Obwohl es niemand sehen konnte, umspielte ein schmales Lächeln seine strichdünnen Lippen. Die Lösung lag eigentlich auf der Hand. Sinclair war erwischt worden, man brauchte keine Alarmanlagen mehr. Das genau war der Grund.

Der verbrecherische Hellseher rieb sich die Hände. Mit seinen Monstren hatte er experimentiert, sie gehorchten ihm, und jetzt konnte er sie zu den Menschen schicken.

Die Vampire wollte er zurückhalten und sich erst einmal die beiden Werwölfe vornehmen. An den Wärtern konnten sie sich gütlich tun und sie zerreißen.

So dachte Arsenius, als er die Führung übernahm und seine Bestien aus dem Gang in einen anderen Trakt des Zuchthauses führte.

Seine große Stunde war gekommen. Er konnte nun seine letzte Karte ausspielen.

Das Trumpf-As der Hölle!

*

Tanith war wieder blaß geworden. Sie schaute Suko ins Gesicht und fragte: »Was machen wir denn jetzt?«

»Versuchen reinzukommen!« Der Chinese mußte laut sprechen, um das Heulen der Alarmsirenen zu übertönen, denn sie waren nicht nur innerhalb des Zuchthauses aufgeklungen, sondern auch draußen, wobei die jaulenden Töne weit über die verlassene Sumpflandschaft schwangen und höchstwahrscheinlich sogar im Dorf zu hören waren.

Entschlossen schritt der Chinese auf das große eiserne Schiebetor zu. Er hatte den Klingelknopf bereits aus dem Wagen heraus gesehen und schellte jetzt. Irgendwo mußte eine Glocke anschlagen, wobei Suko hoffte, daß sie auch gehört wurde.

Tanith stand ein wenig zurück. Sie schaute hoch zu den Wachtürmen und sah dort Männer mit Gewehren. Sie zielten in den Innenhof. Von ihren Positionen konnten sie sicherlich die gesamte Hoffläche bestreichen.

Suko machte sich Sorgen. Er ahnte, daß dieser Alarm nicht normal war, sondern seinem Freund John Sinclair galt. Die Lage innerhalb des Zuchthauses mußte sich dramatisch zugespitzt haben, und wahrscheinlich hatte John sich dafür verantwortlich gezeigt.

Noch einmal schellte er.

Aus Lautsprecherrillen klangen ihm hastig gesprochene Worte entgegen. »Was wollen Sie?«

»Scotland Yard«, sagte Suko. »Öffnen Sie!«

»Nein, wir haben Alarm!«

Es war eigentlich nicht Sukos Art, so hart aufzutreten, diesmal sah er keine andere Chance, er wollte es mit Autorität versuchen, denn er mußte in das Zuchthaus.

»Soll ich Ihnen eine Beschwerde auf den Hals hetzen?«

»Moment, Sir, ich werde . . .«

»Aber beeilen Sie sich!«

Tanith kam zu Suko. »Können wir rein?«

»Sieht danach aus!«

Nicht das große Schiebetor wurde geöffnet, sondern ein kleineres, das sich innerhalb des Tores befand. Ein Mann schaute durch eine Guckklappe und verlangte einen Ausweis.

Suko zeigte seinen vor.

Als der Mann das Dokument zurückgab, entdeckte er Tanith. »Will diese Frau auch mit . . .«

»Ja, sie ist meine Begleiterin.«

»Nein, das kann ich nicht gestatten. Sie ist eine normale Besucherin. In dieser Lage . . .«

Das sah Suko ein. Er hob die Schultern und wandte sich der Wahrsagerin aus Paris zu. »Tut mir leid, Tanith, aber . . .«

Sie lächelte. »Schon gut, Suko, ich habe dafür Verständnis. Ich warte wieder einmal im Wagen.«

»Aber diesmal ohne Vampire«, sagte der Chinese lächelnd . . .

Tanith nickte zweimal. »Natürlich. Viel Glück, Suko.«

Der Chinese wurde eingelassen. Der Aufpasser knallte das Tor sofort hinter ihm wieder zu. »Um was geht es, Sir?« fragte er und zuckte zusammen, weil die Alarmsirenen plötzlich verstummten.

»Haben Sie alles wieder unter Kontrolle?« fragte der Chinese.

»Ich hoffe es.«

Suko nickte. »Ich möchte zum Direktor. Es geht um einen Gefangenen, einen gewissen John Sinclair . . .«

Der Angestellte wurde bleich. In seinem Gesicht zuckte es, und Suko bekam leichtes Magendrücken, weil ein schrecklicher Verdacht in ihm hochstieg.

Sollte John etwa . . .

Da unterbrach die Stimme des Mannes seine Gedanken. »Tut mir leid, Sir, aber Sie können den Direktor nicht sprechen.«

»Ist er nicht da?«

»Er ist heute verstorben, Sir. Man hat Mr. Randall umgebracht. Wie ich hörte, soll es dieser John Sinclair gewesen sein.«

Suko ballte die Hände. Er brauchte zwei Sekunden, um sich zu fassen. Wenn etwas nicht stimmte, dann war es diese Anschuldigung. Er konnte sich nicht vorstellen, daß John den Mann, mit dem alles abgesprochen war, umgebracht hatte. Nein, da lief ein verdammt schmutziges Spiel gegen den Geisterjäger.

»Was ist mit John Sinclair geschehen?«

»Ich kann Ihnen keine Auskunft geben, Sir.«

»Führen Sie mich zu ihm!«

Der Mann wollte erst dagegen sprechen, schaute jedoch in Sukos Gesicht und nickte. Er machte kehrt. Gemeinsam betraten sie die kleine Wachbude mit dem schußsicheren Scheibenglas.

Suko erkundigte sich nach den Gefangenen.

»Die meisten sind draußen«, bekam er zur Antwort. »Sie werden auch nicht so schnell zurückkommen. Man hat die Aufseher telefonisch über die Revolte informiert. Deshalb dauert es noch, bis die Gefangenen hier eintreffen.«

»Das ist gut«, murmelte der Chinese.

Ihnen begegneten schwerbewaffnete Aufseher. Sie trugen Gewehre und hasteten durch die Gänge.

Einen hielt Suko auf. An den Rangzeichen erkannte er, daß er es mit einer höheren Charge zu tun hatte. Der Knabe wollte protestieren, doch Suko machte ihm sehr schnell klar, wen der Mann vor sich hatte.

»Es geht um John Sinclair. Wo finde ich ihn?«

»Den Gefangenen?«

»Ja, zum Teufel!«

»Er ist mit Todd zu den Einzel- und Strafzellen gelaufen. Da muß irgend etwas passiert sein. Genaues weiß ich leider auch nicht. Ich habe den Befehl, die Hauptgänge mit unter Kontrolle zu halten.«

»Den vergessen Sie mal. Bringen Sie mich zu Ihrem Mr. Todd und John Sinclair.«

»Ich weiß nicht, ob . . .«

»Machen Sie schon, ich will hier nicht festwachsen.«

Der Aufseher nickte. »Kommen Sie mit!«

*

Jetzt lernte ich auch den Bereich des Zuchthauses kennen, wo die Strafzellen lagen. Von Todd wußte ich, daß es der älteste Bau war, gewissermaßen der Gründerabschnitt des Komplexes. Wer hier hockte, der hatte es nicht leicht.

Schon an der Beleuchtung wurde gespart. Sie war düsterer, es roch muffiger, und die Angst schien unsichtbar über allem zu schweben. Hier hätte ich nicht stecken wollen.

Über eine Eisentreppe ging es in die Tiefe. »Wie lange müssen wir noch laufen?« fragte ich.

»Wir sind gleich da.« Er deutete nach vorn. »Da beginnt bereits der Gang.«

Am Ärmel seiner Uniformjacke hielt ich Todd zurück. Bisher war nur er eingeweiht, um was es ging. Und auch er wußte nur über Arsenius Bescheid, das übrige Personal hatten wir im unklaren gelassen, die Männer sollten nur die strategisch wichtigen Punkte sichern, wo sie mit ihren Gewehren die Gänge bestreichen konnten.

Die Informationen hatten mir gereicht. Den Rest wollte ich allein machen.

»Sie bleiben zurück«, sagte ich, als wir dicht vor der Tür des Ganges standen.

»Wieso, ich . . .«

»Zu gefährlich, mein Lieber.«

Todd grinste und deutete auf sein Gewehr. »Sie vergessen, daß ich bewaffnet bin.«

»Kugeln nutzen Ihnen nichts gegen Vampire oder Werwölfe. Es sei, sie wären geweiht.«

Todd schüttelte den Kopf. »Nein, das sind sie nicht, aber . . .«

Da flog die Tür auf. Von innen hatte sie jemand aufgewuchtet. Wir waren so in unser Gespräch vertieft gewesen, daß wir nicht darauf geachtet und bemerkt hatten, daß die Tür nicht verschlossen gewesen war.

Ich stand am ungünstigsten, konnte zwar noch nach hinten springen, wurde trotzdem von der Tür gestreift und war für einen Moment nicht im Bilde.

Ein Werwolf stürzte aus dem Gang!

Ich war zur Seite gesprungen, so daß der Werwolf an mir vorbeihetzte. Er sah nur das zweite Opfer, nämlich Todd.

Der Oberaufseher reagierte bewundernswert. Er zeigte sich kaum überrascht, riß das Gewehr hoch und feuerte.

Es war eine automatische Waffe, die Kugeln verließen in rasender Reihenfolge die Mündung und hackten in den Körper der Bestie.

Ich hörte das Klatschen, sah, wie der Werwolf von den Geschossen herum geschleudert wurde, wie sogar Blut aus seinen Wunden strömte, aber ich bekam auch mit, daß er nicht starb.

Das erledigte ich.

Ein gezielter Schuß aus der Beretta setzte seinem Leben ein Ende. Er zuckte noch einmal und blieb, in den Schädel getroffen, liegen.

Todd blickte mich an und schüttelte den Kopf. Jetzt erst kam bei ihm die Reaktion. Seine Knie begannen zu zittern, er bekam weiche Beine und schlurfte zurück, bis er mit dem Rücken gegen die Wand fiel und dort schweratmend stehenblieb.

»Es gibt sie tatsächlich!« keuchte er. »Verdammt, es gibt diese widerlichen Monstren.«

Ich warf ihm einen knappen Blick zu. »Sie haben gesehen, daß Sie gegen diese Bestien mit Ihrem Gewehr nichts ausrichten können. Bleiben Sie also zurück.«

Er nickte.

Ich schlich auf die Tür zu.

Kreuz, Silberdolch und Beretta besaß ich als Waffen, das mußte eigentlich genügen.

Vorsichtig zog ich die Tür auf.

Ich brauchte kein Licht, um die Augen des Werwolfs zu sehen. Sie schillerten in der Dunkelheit, und die Bestie hielt sich vielleicht vier Schritte von mir entfernt auf.

Von den Vampiren entdeckte ich keine Spur. Langsam hob ich den rechten Arm, weil ich genau zielen wollte. Die Kugel sollte den Werwolf zwischen beide Augen treffen.

Da hörte ich hinter mir die Stimme des Aufsehers. Sie klang höhnisch und gemein. »Ja, Sinclair, ich weiß, daß man mit normalen Kugeln die Bestien nicht töten kann, dich aber schicken sie leicht zur Hölle!« Nach diesen Worten folgte ein schallendes Gelächter . . .

*

Zum zweitenmal hatte mich Todd geleimt. Verflucht, ich war zu vertrauensselig gewesen. Ich hätte ahnen sollen, daß Todd sich nicht so leicht auf meine Seite schlagen würde. Im Gegenteil, er stand auf der anderen und paktierte mit Arsenius. Die Kugelgarbe auf den Werwolf war nur ein Ablenkungsmanöver gewesen. Deshalb hatte Todd auch nicht so überrascht reagiert.

»Kanone weg!«

Der Befehl war eindeutig, und ich hütete mich, ihn nicht auszuführen, Todd würde sofort schießen.

Meine Beretta fiel zu Boden.

»Er hat noch das Kreuz!« hörte ich aus dem Dunkel eine bekannte Stimme. Arsenius hatte gesprochen. »Und auch den Dolch. Los, Sinclair, du Hund, laß beides fallen!«

Der Hellseher hatte nichts vergessen, gar nichts. Und er hielt mir eiskalt seine Forderungen entgegen. Ich konnte nichts anderes tun, als mich auch dieser Waffen zu entledigen.

Erst als das Kreuz und der Dolch neben der Beretta lagen, rührte sich auch Arsenius. Er kam aus dem Dunkel des Ganges, passierte den Werwolf und drückte sich auch so geschickt an mir vorbei, daß ich nicht dazu kam, ihn als Geisel zu nehmen.

Dann stand er hinter mir. Ich hörte ihn sprechen. Aber er redete nicht mich an, sondern Todd. »Ich wußte doch, daß du weiterhin auf meiner Seite stehst, mein Lieber. Und du wirst es nicht bereuen. Hast du hier alles unter Kontrolle?«

»Klar.«

»Okay, ich habe erlebt, wie man sich auf dich verlassen kann. Ich werde das Zuchthaus verlassen, da ich noch einige Freunde im Moor besuchen muß. Du wirst mit Sinclair allein fertig?«

»Nichts leichter als das.«

»Dann bin ich weg!«

Ich hörte, wie sich die Schritte des Mannes entfernten, leiser wurden und schließlich verstummten.

Dafür lachte Todd. »Sinclair, der berühmte Geisterjäger. Arsenius hat mir von dir erzählt. Wachs bist du in meinen Händen. Ich kann mit dir machen, was ich will, du entkommst mir nicht mehr. Ich zerschieße dich, ich kann dich aber auch den Monstren überlassen und zusehen, wie sie dich zerfetzen.« Er kicherte, und es hörte sich grausam an. »Ja«, bestätigte er sich selbst. »Die Idee ist gut. Du wirst von den Monstren zerfetzt, während ich zuschaue. Geh vor!«

Ihn noch länger hinzuhalten, hatte keinen Sinn. Todd würde sich auf keinerlei Kompromisse einlassen, da war er eiskalt. Mich hatte es eigentlich gewundert, daß Arsenius sich nicht selbst überwunden hatte, um mich zu töten. Ein Stich mit seinem schmalen Messer hätte gereicht. Vielleicht wollte er auch nur so rasch wie möglich weg, denn ich befand mich ja in sicheren Händen.

Der erste Schritt über die Schwelle kam mir so vor, als

würde ich zu einer Hinrichtungsstätte laufen. Mein Herz schlug schneller, die Kehle wurde von unsichtbaren Händen zugedrückt, und meine Angst steigerte sich.

Der Werwolf befand sich noch immer dort. Ich hörte sein Hecheln und Keuchen, aber links von mir, wo sich schemenhaft Türöffnungen andeuteten, entstand ebenfalls Bewegung.

Vampire!

Ja, ich hatte nicht vergessen, was mir Arsenius über seine beiden Freunde berichtet hatte. Es gab Vampire, und sie würden ebenfalls zuschlagen.

Die erste Tür passierte ich. Ein Arm schnellte aus der Öffnung, packte meine Schulter und wollte mich in das Verlies reißen. Ich sträubte mich nicht gegen den Griff, er war Teil eines blitzschnell entstandenen Plans, und ich hätte mich gern in das Verlies hineinziehen lassen.

Meine Gedanken unterbrachen, denn Todd hatte bemerkt, daß ich ihm einen Streich spielen wollte.

»Verdammt!« schrie er. »Ich werde . . .«

Da hatte ich schon zugepackt, den Vampir an der Hüfte gegriffen, ihn herum und in den Gang geschleudert, auf Todd zu.

Im gleichen Augenblick sprang auch der Werwolf.

Und dann peitschten Schüsse!

*

Arsenius hatte es verstanden, sich zu verdünnisieren. Ein paarmal war der Hellseher den Aufpassern begegnet, doch sie schöpften keinen Verdacht. Der Gefängnispsychologe wurde höflich gegrüßt, er gehörte schließlich zur Besatzung.

Der Mann schaffte es, unangefochten den Innenhof des Zuchthauses zu erreichen. Er blieb wie in Gedanken versunken stehen und schaute zum Himmel.

Wolken hatten sich mit der hereinbrechenden Dämmerung vermischt. Vielleicht würde es regnen, das spielte keine Rolle. Nicht für die Werwölfe und auch nicht für seine Vampire.

Arsenius wandte sich an den Wachtposten. »Bitte schließen Sie auf, Tannery!«

»Gern!« Der Mann, der auch Suko eingelassen hatte, lächelte. »Wollen Sie jetzt noch ins Dorf?«

»Ja, ich muß etwas erledigen.«

»Dann kommen Sie heute noch zurück?«

Arsenius schaute den Mann an und lächelte. »Sicher komme ich zurück, mein Lieber. Und wie . . .«

Der Wächter verstand nicht. Er schloß das kleine Tor auf und ließ den angeblichen Psychologen passieren.

Nach zwei Schritten stand Arsenius auf dem Parkplatz. Er schaute sich um und sah fast nur die gleichen Wagen, bis auf einen silbergrauen Bentley. Darüber dachte er allerdings nicht nach, sondern ging zu seinem eigenen Fahrzeug, einen Ford.

Arsenius glaubte, daß alles normal war. Doch er war längst entdeckt worden.

Tanith hatte ihn beim Verlassen des Zuchthauses gesehen und sich sofort geduckt, damit ihr Feind sie nicht entdeckte. Die Wahrsagerin aus Frankreich hatte gut reagiert, denn der Blick des anderen war auch über den Bentley gestreift.

Sie ließ Arsenius nicht mehr aus den Augen.

Der Hellseher löste sich aus dem Schatten der Mauer und schritt an den geparkten Wagen vorbei, um zu seinem eigenen Fahrzeug, einem Ford, zu gelangen.

In den Bentley hatte er nicht hineingeschaut, und Tanith konnte es riskieren, sich langsam wieder in die Höhe zu schieben. Sie peilte über den unteren Rand der Scheibe nach draußen und sah den Rücken des Feindes vor sich.

Arsenius war ahnungslos. Irgendwie hatte er es geschafft, trotz Sukos und John Sinclairs Anwesenheit, das Zuchthaus zu verlassen. Natürlich wußte Tanith nicht, was geschehen war, aber sie ahnte, daß nicht alles glattging, also mußte sie eingreifen.

Die Französin drückte die Tür auf. Kein verdächtiges Geräusch verriet sie, als die Beifahrertür des Wagens so weit aufschwang, daß sie sich hinausschieben konnte.

Für einen Moment blieb sie in der geduckten Haltung. Sie dachte daran, daß sie keine Waffe bei sich trug, andererseits durfte sie Arsenius auch nicht entkommen lassen.

Der hatte seinen Wagen inzwischen erreicht, holte den Schlüssel aus der Tasche und wollte ihn in das kleine Schloß stecken.

Ein paar lange Schritte brachten Tanith in die Nähe des Mannes, der mit sich selbst beschäftigt war und nichts merkte.

Bis Tanith ihn ansprach. »Arsenius!«

Eine Sekunde blieb der verbrecherische Hellseher unbeweglich stehen. Dann wirbelte er herum, griff während der Drehung noch unter seine Jacke und zog das gefährliche Mordmesser hervor.

Aus weit aufgerissenen Augen starrte Tanith die spitze Klinge an . . .

*

Suko hatte geschossen!

Es war für ihn nicht leicht gewesen, den Weg durch das Zuchthaus zu finden. Zum Glück hatten ihm zwei Wärter dabei geholfen.

Arsenius hatte er nicht gesehen. Die beiden hatten sich knapp verfehlt aber er sah und hörte, während er sich anschlich, daß sich in dem Gang, wo die Bestrafungszellen lagen, etwas tat.

John steckte in der Klemme.

Vor der Tür stand ein Aufseher mit einem automatischen Gewehr. Der Mann hatte Suko nicht gehört, so daß sich der Chinese an ihn heranschleichen konnte. Nicht nur das. Er schaffte es auch, an dem Aufseher vorbeizuschauen und blickte in einen Tunnel, wo er nur schattenhafte Gestalten erkannte.

In einer glaubte er, seinen Freund John zu erkennen.

Und er befand sich in Gefahr, denn dicht vor der Tür lagen seine Waffen.

Als Todd schießen wollte, da drückte Suko ab.

Er konnte nicht anders handeln, der Mann wandte ihm zwar den Rücken zu, für eine Warnung war es zu spät. Suko hatte genau gezielt und setzte Todd eine Kugel in den rechten Oberschenkel.

Der plötzliche Aufprall, der siedende Schmerz – damit hatte Todd nicht gerechnet. Es kam bei ihm zu einem regelrechten Schock. Das rechte Bein wurde ihm weggerissen, er fiel, drückte allerdings noch ab, nur jagte er die Garbe gegen die Decke.

Suko befand sich bereits auf dem Sprung. Bevor Todd merkte, wie ihm geschah, sah er dicht neben sich eine Gestalt hochwachsen, die eine Waffe hielt, sie jetzt nach unten und auf den Kopf Todds sausen ließ.

Der Oberaufseher bekam nicht einmal mehr seine Arme in die Höhe. Suko war schneller.

Und er traf genau!

Todd spürte den Treffer und die sofort folgende Explosion an seinem Schädel. Er kämpfte zwar gegen die Bewußtlosigkeit an, doch dieser Fight war vergebens.

Todd verlor.

Suko packte das Gewehr und schleuderte es weg. Aus dem Gang hörte er schreckliche Geräusche.

Knurren, Fauchen und Heulen . . .

So rasch es ging, nahm der Chinese die Waffen des Geisterjägers an sich, dann stürmte er vor . . .

*

Der Werwolf wuchtete sich vor.

Den Vampir hatte ich weggeschleudert, er konnte mir im Augenblick nicht gefährlich werden, dafür die mit Fell überwachsene Bestie. Sie sprang leider nicht in den Gang hinein, sondern wollte mich.

Zur Seite tauchte ich weg, aber ich hatte die Schnelligkeit des Monstrums unterschätzt. Seine Pranke flog nach links, und sie erwischte mich am Rücken.

Sogar die harte Gefängniskleidung riß, so sehr zerrte die Bestie in ihrer Wut daran. Ich flog bis gegen die Wand der Dunkelzelle, drehte mich sofort und sah die beiden hellen Raubtieraugen auf mich gerichtet.

Er kam von vorn. Ein unheimlicher Haß trieb ihn an. Ich hob meinen Fuß und rammte ihn nach vorn.

Tief bohrte sich der Schuh in das Fell. Hinter dem Tritt hatte sehr viel Kraft gelegen. Mir gelang es auch, die Attacke des Werwolfs zu stoppen.

Zwar konnte ich ihn nicht aus der Kammer schleudern, aber er taumelte doch zurück.

Gleichzeitig kam der Vampir.

Ich hörte sein Fauchen, richtete mich auf seinen Angriff ein, als er schon da war. Der Blutsauger stürzte sich über mich. Zu lange war er ohne den kostbaren Lebenssaft ausgekommen, jetzt endlich befand sich ein Opfer vor ihm.

Fünf seiner Finger gelang es, sich in meine Haare zu klammern. Es war ein fürchterliches Gefühl, als sie daran rissen und meinen Kopf zur Seite zerrten, so daß sich die Haut an meinem Hals straffen mußte.

Ideal für einen Biß.

Plötzlich war auch der zweite Vampir da. Er griff mich von der anderen Seite her an, so daß meine Chancen sich verringerten.

Ich kämpfte verbissen.

Meine Arme hatten sie nicht festhalten können. Ich kam zu einem Rundschlag und hämmerte den Ellbogen in die bleiche Fratze eines Blutsaugers. Sie verschwand sofort aus meinem Blickfeld. Dafür zerrte der zweite noch immer an meinem Haar, und es war ihm gelungen, meinen Kopf immer tiefer zu ziehen.

Zwei Faustschläge hieb ich in seinen Körper. Sie zeigten keinerlei Erfolg, ein Vampir verspürte keine Schmerzen. Nicht, wenn ich ihn so anging.

Mit einem Tritt säbelte ich ihm die Beine weg. Diese Aktion allerdings erwies sich als Eigentor, denn der Vampir dachte nicht im Traum daran, meine Haare loszulassen. Ich war gezwungen, ihm zu folgen und landete ebenfalls auf dem schmutzigen Boden. Kurz vor dem Aufprall hörte ich noch einen Schuß und ein schreckliches Röcheln. Ich konnte mich darum nicht weiter kümmern, denn die beiden Blutsauger sahen in mir das potentielle Opfer.

Wieder zerriß ein Teil der Kleidung, als ein Vampir besonders hektisch war. Ihn traf ich auch mit einem Fußtritt, der ihn bis an die Tür beförderte.

Er torkelte rücklings dorthin. Es war sein Pech, daß er hinten keine Augen besaß, denn plötzlich erschien im Türrahmen eine hochgewachsene Gestalt.

Suko!

Und er hielt meinen silbernen Dolch in der rechten Hand. Der Vampir machte einen Schritt zuviel, denn in diesem Augenblick verschwand die Dolchklinge in seinem Rücken.

Suko ließ den Griff los. Der Vampir kippte und bohrte sich die Klinge beim Aufprall noch tiefer in den Körper.

Der Inspektor stieg über den Blutsauger hinweg. Er hielt auch die Dämonenpeitsche schlagbereit, und als er die beiden Kämpfenden auf dem Boden sah, da drosch er zu.

Zwei Riemen trafen den Vampir, der schaurig aufbrüllte und meine Haare losließ.

Auch ich wurde getroffen, aber im Gegensatz zu dem Blutsauger war die Peitsche für mich nicht tödlich. Ich konnte den leblosen Wiedergänger von mir wegschieben und erkannte sogar eine Hand, die mir gereicht wurde.

Fest griff ich zu.

»Du machst vielleicht Sachen«, sagte Suko, während er mich in die Höhe zog und den Kopf schüttelte. »Nein, nein, aus dir wird nie ein guter Zuchthäusler, das sehe ich.«

Ich tastete nach meinen Haaren und fragte gleichzeitig. »Sag mir lieber, wo Arsenius steckt.«

»Weiß ich doch nicht.«

»Verdammt, du hast ihn nicht . . .?«

»Nein. Aber den Werwolf . . .«

»Ach, du Himmel mein Vater, jetzt ist er entwischt. Los, Suko, wir müssen weg . . .«

*

Die strichdünnen Lippen verzogen sich zu einem Grinsen. Sie befanden sich dicht über der Klingenspitze, und Tanith hatte den Eindruck, als würde das Messer die Lippen teilen. »Meine alte Freundin, Tanith, sieh mich einmal an!« flüsterte Arsenius. »Eigentlich hätte ich mir denken können, daß du dabei bist. Aber heute zum letztenmal, denn lebend kommst du hier nicht weg. Das Moor ist groß genug.« Seine Augen funkelten, Mordwille stand in ihnen zu lesen. »Alles lasse ich mir nicht von euch kaputtmachen, alles nicht . . .«

Gleitend kam er näher, und Tanith blieb nichts anderes übrig, als zurückzuweichen.

Sie hatte nicht so sehr vor diesem Mann Angst, sondern mehr vor dem gefährlichen Messer. Wie sich eine Schlange bewegte, so drehte der verbrecherische Hellseher und Günstling des Teufels seine rechte Hand, die jeden Augenblick zustoßen konnte.

Tanith wich noch schneller zurück, aber der Hellseher folgte ihr ebenso rasch.

Und noch flinker.

Da war sein Arm. Und mit ihm das Messer.

Die Französin drehte sich zur Seite, damit entging sie dem tödlichen Treffer, an der Schulter wurde sie trotzdem getroffen. Spielend leicht drang die dünne Klinge nicht nur durch den Stoff, sondern auch in das Fleisch.

Im ersten Augenblick spürte Tanith keinen Schmerz. Der kam erst nach dem Schock. Da schrie sie, und gleichzeitig zog Arsenius die Klinge wieder zurück, auf deren Oberfläche ein schmaler Blutfaden schimmerte.

Am linken Arm war sie getroffen worden. Trotz der Verletzung war Tanith klar, daß sie sehr viel Glück gehabt hatte, einen zweiten Angriff würde sie kaum überleben.

»Jetzt gebe ich dir den Rest!« schrie Arsenius. Breitbeinig sprang er vor, hob seine Hand, und diesmal führte er den Stoß von oben nach unten.

Wie Tanith ihren rechten Arm in die Höhe bekommen hatte, wußte sie selbst nicht zu sagen. Auf jeden Fall hielt sie plötzlich das Gelenk ihres Gegners umklammert, blockte den Messerstoß somit ab und wuchtete den Arm nach unten, wobei sie ihn gleichzeitig in einem Winkel von 90 Grad drehte.

Als ihr bewußt wurde, was sie da getan hatte, war es bereits zu spät. Auch sie spürte kaum Widerstand, als die dünne, gefährliche Klinge in den Körper drang.

Diesmal aber in den des Hellsehers, und sie traf sein Herz!

Als wäre die Hand heiß, so ließ die Französin los. Sie sprang zurück, blieb bebend stehen und schaute auf Arsenius, der ebenfalls nach hinten wankte, das Messer in der Brust stecken hatte und von einem parkenden Wagen aufgehalten wurde.

An seiner Heckseite sank er langsam in die Knie. Es war ein intervallweises Fallen, ruckartig, als würden immer mehr Fäden durchgeschnitten, die ihn hielten. Sein Mund stand weit offen, doch nicht ein Laut drang hervor.

Arsenius, ein Günstling der Hölle, starb stumm . . .

*

Wir fanden Tanith neben der Leiche. Sie starrte blicklos auf den Toten, während Tränen über ihre Wangen liefen. Erst als ich sie anfaßte, schrie sie auf.

Da sah ich das Blut und die Wunde.

»Mein Gott, Sie sind ja verletzt.«

Sie nickte nur.

Suko machte kurzen Prozeß. Er hievte Tanith auf seine starken Arme und brachte sie höchstpersönlich in die Krankenstation. Für mich aber gab es einiges zu tun.

Vor allen Dingen mußte ich telefonieren. London sollte Bescheid wissen, mein Chef bekam einen knappen Bericht. Sir James wollte sich sofort um die Entsendung einer Sonderkommission kümmern, und ich wurde zum Chef des Zuchthauses auf Zeit benannt.

Doch ein Vergnügen ließ ich mir nicht nehmen.

Todd!

Ich holte ihn selbst ab. Als ich ihm Handschellen anlegte, erwachte er aus seiner Bewußtlosigkeit. Ungläubig stierte er in mein lächelndes Gesicht.

»Sollen wir mal laufen, Todd?« fragte ich.

»Verdammt, Sinclair . . .«

Ich winkte ab. »Seien Sie froh, daß ich nicht nachtragend bin. Und jetzt ab.«

Zu meiner Zelle führte ich ihn. Und es bereitete mir ein besonderes Vergnügen, ihn eigenhändig einzusperren. Die andere Strafe würde er noch bekommen. Damit hatte ich nichts zu tun.

Um Tanith kümmerte ich mich ebenfalls. Ein wenig blaß um die Nase und mit einem dicken Verband versehen, hockte sie auf dem Bettrand. Aber sie konnte schon wieder lächeln.

»Alles klar?« fragte ich.

»Ja, John, es war nur eine Fleischwunde. Wenn ich daran denke, daß Arsenius mich . . .«

Ich unterbrach sie. »Vergessen Sie das, Tanith. Sie leben, das ist die Hauptsache.«

»John, da haben Sie recht . . .«

ENDE